„STUMM SEIN IST KEINE OPTION“

„STUMM SEIN IST KEINE OPTION“

MEL ALAZZA
SCHEISS DRAUF!
UND TRAU
DEINER
WAHRNEHMUNG

„STUMM SEIN IST KEINE OPTION“

Impressum:

ISBN

s. Rückseite und letzte Buchseite.

Coverbild: ANASTASIA BRAUN, Hagenbach

facebook.com/die.Buchankleide

ERSTAUSGABE MAI 2019

Druck:

epubli GmbH, Berlin, www.epubli.de.

Printed in Germany.

Kontakt zur Autorin:

Mel Alazza

shanoja@gmx.de

„STUMM SEIN IST KEINE OPTION“

„STUMM SEIN IST KEINE OPTION“

Die Herausgeberin übernimmt keine Haftung

für die Ausübung von Ideen

aus dem Inhalt des Buches!

„STUMM SEIN IST KEINE OPTION"

Inhalt

„STUMM SEIN IST KEINE OPTION“

„STUMM SEIN IST KEINE OPTION“

„STUMM SEIN IST KEINE OPTION“

„STUMM SEIN IST KEINE OPTION“

VORWORT

Worte für unaussprechliche Taten zu finden ist schwer!

Tabu-Themen zu brechen, zu verbalisieren, in welcher Art und Weise auch immer, ebenso.

Beides versuche ich zu kombinieren, unbewusst, in meinen Texten – ein „nicht mehr stumm sein“ lässt mich schreiben, Wörter zu Texten verfassen, die aufklären sollen.

Diese Texte erzählen, erklären, wie ich gefühlt habe, welche Auswirkungen ein erlebter Missbrauch über zehn Jahre auf mein Leben hat und hatte und was für Folgen dieses Erleben auf mein erwachsenes Leben hat.

Ich habe einfach geschrieben, weil es mir half und hilft, Dinge und Erlebnisse besser zu begreifen und wahrzunehmen, in mein Leben zu integrieren, weil ich in so vielen Bereichen „stumm“ war. Doch mit jeder Benennung, mit jedem „wahr-nehmen“ von Gedanken, Gefühlen, Erlebnisse und auch Erfahrungen konnte ich es mehr und mehr ausdrücken und definieren.

Zu Schreiben und dieses „Unaussprechliche“ zu be-nennen, die Folgen dessen als Folgen dessen zu be-greifen, zu beschreiben, zu erklären und dies alles in verständliche Worte zu fassen, hilft mir, vieles (leider nicht alles) besser zu verstehen und in Zusammenhang zu sehen.

Das überaus positive Feedback von so vielen - meistens von so vielen Mitbetroffenen – bezüglich meiner Texte auf Facebook oder meines Blogs und auch bezüglich meines ersten Buches „Kacke am Stock ist auch ´ne Blume“, haben mich sehr beeindruckt, sehr berührt und auch traurig gemacht; irgendwie habe ich damit nicht gerechnet.

Beeindruckt und berührt, weil mir gedankt, Worte zu finden für „all das“, was einen Missbrauch, einer Vergewaltigung ausmacht und weil vielen durch die Beschreibung meiner Folgen klar wurde, wie sehr sie (oder dass sie überhaupt) betroffen sind, Opfer eines Missbrauchs, einer Vergewaltigung geworden sind!

Es machte mich traurig zu erfahren, wie viele Frauen und auch Männer ebenso betroffen sind und immer noch darunter leiden, einmal Opfer dieses Verbrechens geworden zu sein! Es gibt so viele Betroffene, dass es wahrscheinlich einfacher wäre, die Menschen aufzuzählen, die noch niemals sexuell-grenzüberschreitendes Verhalten ihnen gegenüber erlebt haben, als die zu benennen, die so was leider erleben mussten.

All jenes hat mir den Mut gegeben, erneut Texte zu veröffentlichen, welche die Folgen eines erlebten mannigfachen Missbrauchs erklären und beschreiben, und um (weiter) aufzuklären, wie vielfältig so was sein kann und wie sehr es ein Leben beeinträchtigen kann. Der erlebte Missbrauch hört nicht mit dem Missbrauch auf. Er entfaltet bei jedem Betroffenen Folge-Störungen und/oder Erkrankungen und Weiteres!

Während der letzten zwei Jahre ist vieles passiert und während die Texte meines ersten Buches mir „eine Stimme“ gaben, mich nicht mehr „stumm“ sein ließen und wie „aus einer Kanone heraus schossen“, ist es nun etwas anderes, weshalb auch meine Texte diesmal nicht „wild und chaotisch“ aufgebaut sind, sondern eher der schriftlichen „Norm“ entsprechen, ohne „der allgemeinen Norm“ in Bezug auf den Inhalt zu entsprechen. Ich habe mich verändert und kann nun mit meinen Folgen des Missbrauchs (Erkrankungen, Störungen) besser umgehen, weil ich sie nun (meistens) als ein Teil von mir akzeptieren kann.

Ebenso möchte ich erneut erklären, dass diese Texte niemanden schikanieren, anklagen, verletzen oder ähnliches sollen – es geht lediglich dabei um MEINE Erfahrungen des Erlebten und was es in meinem Leben bedeutet und ausmacht!

Es geht also darum, meine Gedanken, Erlebnisse, Gefühle sowie die Folgen der sexuellen Gewalt zu erläutern und zu erklären, um alle Menschen darüber aufzuklären, dass ***ein Missbrauch nicht mit dem Missbrauch endet***! Und ehrlich zu sein, zu mir selbst und zu anderen, ist ein wichtiger Bestandteil, meiner eigenen Wahrnehmung (wieder) zu vertrauen UND diese zu integrieren, um das „HIER und JETZT“ leben zu können!

Mel Alazza, Mai 2019

UN BÄ N DIG

Ganz wenige Male, ein paar Stunden, einen Tag im Jahr gibt es Momente, wo ich eine Hilflosigkeit gegenüber dem fühle, wie ich gerade bin – und je hilfloser ich mich fühle, dem Ganzen irgendwie nur ausgesetzt – desto wütender werde ich und habe das Gefühl, ich stehe in einem Schnellkochtopf, der gleich seinen Deckel an den Himmel knallt, einfach aufplatzt, ohne Rücksicht auf Verluste aufbricht, einen Schwall voller böser Schimpfwörter heraus brüllt und dann einfach alles zusammen schreit,

bis nichts mehr übrig ist, außer dem Ich, welches nicht mehr ich ist...

Alles, was so stumm war und immer noch ist, will Worte finden und hinaus, alle aufrütteln und schreien, bis kein Ton mehr übrig ist, der ein Schreien zulässt und alle beschimpft, die zuständig sind für diesen Verlust meines Ichs... ich lebe noch, irgendwo ganz tief in mir und fühle doch so wenig in Bezug auf mein Ich, welches oftmals nicht erkannt wird auf Fotos, gemeinsam mit Anderen oder auch dann, wenn ich ganz alleine mit mir bin...

Ich bin da so unbändig wütend, wie ein Berserker sehe ich mich außer mir toben, alles zerstören, wegschmeißen, auseinander nehmen -weil ich nichts mehr ertrage, auch mich nicht... ich bin so außer mir, versuche mich innerlich zu beruhigen und ruhig zu sein, so, wie mich jeder kennt...

Ich bin so wütend, auf das, wie ich nun bin, auf das, was passiert ist und das diejenigen, die diese Schuld tragen, so schuldlos sind... diese Schuld, die nie vergessen macht, immer bei mir ist, egal wie kognitiv gelassen ich dies weiß und auch fühle, in diesem Moment wandelt sich diese Schuldscheiße und diese Kackscham und diese verfickte Hilflosigkeit in etwas, was ich nicht bin und ich bin Dr. Jekyll und Mr. Hyde, zeitgleich – zerstörerisch und traurig, wie ein Berserker so voller zerstörbarer Wut und vielleicht auch Hass, gegenüber all denen, die alles wussten, alles mit bekamen, nichts taten und mich einfach ließen; in diesem Raum voller Hilflosigkeit und Schande und Scham und Allein sein mit dieser Tat, die meine Unschuld nahm, mich nahm, mein Ich verbannte und mich weg schloss, sodass ich mich selber nicht mehr finden kann, völlig verloren bin in dem Ich, was ich nun bin…

Ich versuche aus- und einzuatmen, ruhiger zu werden, diesen Druck im Kopf zu bekämpfen, mich auf etwas zu konzentrieren, was ich liebe, mich verstummen lässt und ich merke, auch dies kommt gerade nicht bei mir an und ich kämpfe mit dieser Wut, dass die mich nicht ganz ausfüllt und mich zu Boden wirft, alles zerstören lässt, mein Leben weg werfen lässt, weil ich das Gefühl habe, das ich nichts bin, nichts geschafft erreicht habe und dem Leben keinen Sinn gegeben habe, ich für tot erklärt bin…und dann wird aus dieser unbändigen Wut eine unbändige Verzweiflung, die mir Tränen in den Augen brennen lässt und am Abgrund stehen lässt, mit dem Gedanken, ich lasse mich nun fallen, bin einfach weg….

und dann streift meine Katze um mein Bein, und ich hebe sie zu mir hoch und nimm sie in den Arm, streichele sie und versuche dabei, mich wieder zu fühlen, diese traurige, unbändige Wut zu akzeptieren, wie die den nun mal ist, weil sie einfach auch ein Teil von mir ist, für wenige Stunden im Jahr…

Weinen

möchte ich mal -

dabei gehalten werden,

wäre schön –

ich kann nie wieder

nach Hause gehen –

ich habe keins, hatte nie eins,

dies bewusst zu haben,

schmerzt

und hinterlässt das Gefühl

alles „beim Alten“

-am besten –

gelassen zu haben…

Weinen

Möchte ich mal –

Mich geborgen fühlen

gehalten werden

Beim „Klein-fühlen"

- aber: KEINE WAHL habe ich -

Oft denke ich

ich durchstehe & überlebe

das Leben nicht

narzisse

aufgewachsen in geheimen vororten der sehnsucht
nie zugelassenes ausschöpfen von möglichkeiten und potentialen
verhinderte glückseliges wachstum
innere zufriedenheit
reiches leben in einer fast harmonischen gegenwart
geheime geschehnisse
niemals hinterfragen
weil das wissen fehlend verhindert
die ursprüngliche kindliche neugier fördernt
degradierend gewalttätig und manipulativ niedergeschlagen
offentlich zur schau gestellt
hinterfragte niemand diese offensichtliche tat
der zur schau getragenden narzisse
die nur für sich scheint
alles andere vergessen ist
so lange sie nur die einzige sonne ist
die so strahlend nur für diejenigen scheint
die sie so fleißig gießen, bewundern und strahlend mitten im raum stehen lassen
voller ehrfurcht bestaunen lassen
ungeachtet deren knospen
die beim einsetzen in die künstliche atmosphäre des zur schau stellens
die kleinen kaum sehbaren knospen
völlig vergessen lassen
im schattigen umland irgendwie überleben
während die narzisse wurzeln schlägt
nur die die es verdienen

um sich begibt
alle anderen stehen läßt
wenn sie nicht ihr bedürfnis stillen
weiter gegossen, geliebt und von allen bewundert zu werden
beachtet sie nur sich
ihre pracht läßt alles vergessen
was einmal sterblich ist
den niemand strahlt so schön wie diese narzisse
die alles andere um sich vergißt
weil sie für sich die quelle allen urspungs ist

NICHT MEHR STUMM SEIN!

An alle, die keine Worte finden für Taten, die an ihnen grenzüberschreitend begangen wurden, vielleicht nicht nur in jungen Jahren!

Ohne Worte zu sein in Bezug auf Geschehnisse um uns herum, in unserem Familienkreis oder aus der Vergangenheit schneiden uns ab von den eigenen Gefühlen dazu, die eigene, innerliche und persönliche Entwicklung ist dadurch blockiert, verhindert Leben in Fülle mit sich selbst und vor allem auch mit anderen, nimmt Worte für Taten, die unaussprechlich waren - und immer noch sind und diese unaussprechlichen Dinge sind Mauersteine, die in uns so schwer liegen, um uns herum sind...uns erdrücken, uns töten, die Worte nehmen, so sehr stumm machen, einfach, weil Worte fehlen und uns immer weiter unter Wasser drücken, wo kein Sprechen möglich ist...

Grenzüberschreitendes Verhalten: ein Fausthieb ins Gesicht, ein Tätscheln des Hinterns oder zu sehen zu müssen, wie die Mutter verprügelt wird von dem Mann, der sagt, dass er sie liebt...
„...ich liebe dich, schlage dich oder vergewaltige dich und wehe, du erzählst es irgendjemanden - dann verlasse ich dich!“

Jede verletzende Grenzüberschreitung, die dir geschehen ist, ist NICHT deine Schuld, auch wenn du dich schuldig fühlst, weil du für dich „vielleicht nicht lieb warst“ zu Mama oder Papa, deinem Mann nicht schnell genug das Essen gebracht hast oder ihm vielleicht widersprochen hast...oder weil dein Körper reagiert hat, obwohl du das nicht wolltest, von ihm angefasst, übergangen in deinem Willen und missbraucht, vergewaltigt zu werden - in welcher Form auch immer! DU bist NICHT schuld!!!

Missbrauch entsteht, weil man seine eigenen Grenzen nicht anerkannt bekommt, diese nicht vermittelt werden...einfach nicht da sind und weil es Menschen gibt, denen du einfach egal bist, die DICH miss-brauchen, um sich selber gut zu fühlen, sich be-friedigen an dir, deiner Angst vor „ihm", deiner Angst vor „ihr" - und das rechtfertigen mit der Begründung, „es hat ihr/ihm gefallen" - schau, dein Körper reagiert, egal, wie alt du bist!!! „Also magst du, was ich tu, was ich mit dir mache..." - auch wenn es Sachen sind, die du nicht kennst, dir weh tun.... - und deine Scham wird so übergroß, dass sie dich auffrisst, weil dein Körper dich verraten hat, er einfach mitgemacht hat, auch wenn du dann schon gar nicht mehr da warst, dies vielleicht von oben gesehen hast, weil dein Gehirn - um dich im Kern zu retten - alles abgespalten hat, nichts mehr erinnert wird, man nur vage eine schlechte Kindheit hatte...oder hat.

Und dann gibt es da noch diese Schuld, die so groß ist wie die Scham, weil du (vielleicht irgendwie gefühlt) „der Mama den Freund genommen" hast, mit ihm „rumgemacht" hast, ein großes Geheimnis mit ihm hast und merkst, wie schön es ist, mal beachtet zu werden, trotz eines schlechten Gewissens, welches dich quält, weil es sich tief in dir als Unrecht anfühlt und du auch weißt, dass dies nicht richtig ist, was er mit dir macht und es dir niemals gefallen würde, nicht gefällt - und du plötzlich nicht mehr im Familiensystem bist, weil du nun ausgestoßen bist mit diesem Geheimnis, was nicht tragbar ist, dich so stumm macht, egal wie alt du bist... und er dich - und auch andere - weiter manipuliert, dir sagt, wie toll du bist und dass er dich liebt, stolz auf dich ist und dass du nur lieb sein musst, ihm nur so gefällst - und wenn du ihm nicht gefällst, er dich einfach schlägt, mit Missachtung straft, weil du dich vielleicht gewehrt hast, gesagt hast, dass dir das, was er mit dir macht, nicht gefällt - und du plötzlich wieder ein schlechtes Gewissen hast, weil du ihm widersprochen hast....vielleicht mal NEIN gesagt hast...und dadurch so eine große Angst hast, verlassen zu werden und dann wieder alles machst, nur um seine/ihre Liebe zu erfahren, auch wenn sie so schlecht für dich ist, dein Leben zerstört, dich am

Leben hindert und dir ein falsches Bild gibt von Liebe, Vertrauen und Familie sein...

Liebe tut nicht weh, Liebe schadet nicht, Liebe manipuliert nicht - Liebe schützt, behütet, versorgt mit liebevollem Respekt, würdevoll und wertschätzend und mit dem ganzen Glück, was ein zusammen sein mit sich bringen kann - dies zu fühlen, zu ver-stehen ist oftmals schwer, weil es sich so nicht anfühlt für Betroffene von sexuellem, physischen, psychischen und/oder seelischen Missbrauch.

Wert-zu-sein, Selbst-Liebe, Selbst-Wert...so viele Begriffe, die oftmals ohne Inhalt sind für Menschen, die durch einen anderen Menschen bzw. durch andere Menschen Leid erfahren haben, ausgenutzt, missbraucht wurden...das Innerste stirbt und man rennt verzweifelt einem Leben hinter her, welches man führen muss, um nicht zu sterben, irgendwie und irgendwas wert zu sein...wie auch immer dieses Gefühl gerade ist und durch was auch immer dieses Gefühl geschenkt wird.

Es sind so viele betroffen, doch kaum einer merkt es, weil dieses Thema so schlimm tabuisiert wird und ist und einfach nicht gesprochen wird über Taten, die nicht geschehen dürften, einfach so widerwärtig sind ---

...Und da sitzt da der alte Mann mit dreckigen Klamotten und einer viel zu dünnen Jacke mit gerade mal Mitte zwanzig auf der Straße, mit dem Wodka in der Hand, abgefuckt und stinkend in seiner eigenen Pisse sitzend, schaut dich nicht mal an...weil er versucht seine Gefühle zu betäuben, die einfach nicht mehr ertragen kann, sich aufgegeben hat und nur noch hofft, irgendwann erlöst zu werden...mit dem wenigen Geld der Passanten in dieser dreckigen Plastiktasse vor ihm stehend...

und direkt ein paar Straßen weiter, in irgendeiner dreckigen Stadttoilette, die von vielen schon nicht mehr aufgesucht wird, weil sie zu eklig, zu dunkel, zu kaputt ist, ist dieses fünfzehnjährige Mädchen mit zu viel Schminke im Gesicht und knutscht mit diesem Mann rum, der ihr Opa sein könnte und lässt sich von ihm ficken, egal wo hin - nur wenig später liegt sie neben dieser Toilette, die Spritze im Arm, finanziert durch die zwanzig Euro, welches sie für diesen Fick gerade erhalten hat...und sie legt sich zurück an die Wand, neben dieser dreckigen Toilette an diesem widerlichen Ort und endlich nimmt sie die Dosis mit an einen Platz, den sie so geliebt hat, sie Kind sein durfte, noch lachen konnte und so geborgen war, bevor der Vater in ihr Bett kam, ihr jede Unschuld nahm und die schwangere Mutter sie dann hinaus warf vor zwei Jahren, weil - laut der Mutter - die Tochter ihr den Mann nahm...

Und nicht unweit, im Café gegenüber sitzt ein Pärchen, der Mann hält ihre Hand, liebevoll wie es aussieht, fährt ihr durch das Haar, lächelnd - ein schönes Pärchen, gut angezogen, vielleicht Anfang dreißig ...und nur wenig später im Hausflur ihres schönen Wohnhauses, kaum dass die Tür zu ist, schlägt er ihr mit der Faust in den Bauch, der von der Schwangerschaft schon etwas angeschwollen ist, weil er ihr „zurück-zucken" bei seiner Berührung im Café bemerkt hat und genau dies ihr austreiben will, weil sie wissen muss, dass sie ihm gehört, ihr immer zu Willen sein muss - und sie schlägt den Halt verlierend von der Wucht des Schlages kopfüber auf den wunderschönen Marmor auf, den sie ausnahmsweise mit Aussuchen durfte...und übergibt sich, den teuren Kuchen von vorhin kotzt sie aus...und wieder holt er aus, tritt sie, mehrmals, feste, nicht nur in den schwangeren Bauch mit dem Kommentar „Wisch den Scheiß wieder auf!" und abschätzend fügt er hinzu:..." und wehe, das man etwas nun in deinem Gesicht sieht, weil du nun mit dem Kopf aufgeschlagen bist. Und was bin ich froh über diesen hässlichen Marmor, den du ja mal gut ausgesucht hast - der geht wenigstens nicht kaputt!" Er wendet sich lachend ab von ihr, richtet seine

Krawatte in den Spiegel schauend und sagt: „Schatz, ich bin heute Abend wieder da, gegen 19 h und bitte, hab was Anständiges dann zu Essen da, ich ertrage dieses Durcheinander hier jetzt gerade nicht!“ Sie richtet sich etwas auf, schaut ihm nach, mit Tränen im Gesicht und bemerkt dabei, dass wohl wieder einmal etwas in ihr kaputt gegangen ist, Blut fließt langsam und schmerzvoll aus ihr hinaus....

Und wieder in der gleichen Stadt, steht eine alleinerziehende Mutter von vieren vor dem Spiegel, zieht den Lippenstift nach und dreht sich zu ihren Kindern um, die alle sich auf den Nachmittag bei Freunden freuen, weil sie da eingeladen sind - und sie gehen alle los, lachen und spielen den ganzen Nachmittag, haben so viel Spaß...und erst am Abend, wenn die Kinder im Bett sind, zieht die Mutter sich im Dunkel aus und man erkennt trotz dessen die vielen alten und auch frischen Narben an den Oberschenkeln und Beinen, die vom Ritzen stammen, wenn sie sich mal wieder nicht fühlen kann, weil das Gefühl tot zu sein tief in ihr drin sie so emotionslos macht, nicht fühlen kann und nur das herauslaufende Blut aus der eigenen zugefügten Wunde und der leichte Schmerz dadurch, das eigene Leben mal etwas fühlen lässt...

Es gibt so viele Geschichten, jede ist anders, individuell verschieden und nicht jeder Betroffene ist versunken in einer Droge, einen Sumpf, einer beschissenen Beziehung...viele sind alleine, weil sie nicht jemanden neben sich ertragen, Nähe zu nah ist und die Wunden des Missbrauchs einfach Leben nimmt, Normalität nicht erkennbar macht oder genau umgekehrt, sind Manager/Managerinnen großen Unternehmen und führen „ein perfektes Leben“... wie es auch ist, erlebter Missbrauch ist ein Störfaktor im Leben und macht krank!

„STUMM SEIN IST KEINE OPTION“

Mein Kopf ist leer

vergesse so viel –

ich weiß nicht, wo's bleibt

ich hatte so viel…

Alle Gedanken, Erlerntes

Is gone

Habe das Gefühl,

ich mach´s nicht mehr long…

ab-ge-trie-ben

…

wie oft habe ich mir die Frage gestellt, wie es sein kann, dass ich mich immer so alleine fühle, ungewollt, ungeliebt und einfach nicht wert-voll...und bevor ich diese Gefühle so formulieren konnte, spürte ich schon sehr deutlich, dass ich so gar nicht er-wünscht war und bin. Schlimmes Gefühl für ein kleines Kind, ein kleines Mädchen, eine große Schwester, eine missbrauchte Jugendliche, eine verstoßene Tochter...Diese Gefühle waren schon immer da und ich fühlte mich immer anders als Andere und immer fremd unter „ihnen". Völlig egal, wo ich gerade war, im Kindergarten, in der Schule, bei Freunden, Familienbesuchen, Festen, Party s usw. - niemals fühlte ich mich zugehörig und war oftmals einsam in mir, fühlte mich weder verstanden noch verstand ich andere; oftmals kam es mir so vor, als sprechen wir noch nicht einmal dieselbe Sprache und meine Freunde wurden und waren dann immer mindestens zehn Jahre älter, da konnte ich etwas kommunizieren, mich einen Hauch normal fühlen. Wie auch immer.

In meiner „Familie" fühlte ich mich ebenso, oftmals noch schlimmer, weil vieles mir so falsch vorkam von den Handlungen, den Gesprächen und dem vielen Alkoholkonsum und dieser starken Emotionslosigkeit.

Dann gab es da dieses eine Familiengeheimnis, dieses, welches mich betraf, mir immer komisch vorkam und mit dem ich so groß wurde: „Deine Mutter ist die Treppe runter gefallen und dann wurde die Geburt ausgelöst", diesen Satz hörte ich von so vielen mein Leben lang, bis mich diese genaue Wortwahl irgendwann mit Mitte zwanzig einfach störte und plötzlich sagte mir jemand (danke dafür!!!) „NEIN, diese Geschichte stimmt auch nicht, du wurdest abgetrieben"...Wie erleichterte mich dieser Satz, der doch so viel Negativität beinhaltet, so erschreckend ist und den Tod eines Lebens ausmacht...trotzdem fügte sich dieses Puzzle teil schnell in meine Biografie ein und ich bin zu meiner Oma gefahren und fragte die...Sie regte sich auf, dass ich davon erfuhr (oder weil ein Geheimnis entlarvt wurde!?) und gestand mir dann aber doch, dass es so gewesen ist und erzählte mir, dass das versucht worden sei...sie konnte doch nicht zu lassen, dass ihre Tochter sich das Leben versaute mit dieser frühen Mutterschaft, schließlich wäre Mutter sein ein Vollzeit Job und man hat kein eigenes Leben mehr und..,.und dann sah sie mich an und eine Träne lief ihr über die Wange und sagte, „Kind, so meinte ich das nicht, ich bin ja froh, dass du nun da bist und ich liebe dich sehr und bin froh, dass wir dich nicht doch noch abgegeben haben...da war nämlich diese Ärztefamilie, die keine Kinder adoptieren können und die wollten dich so gerne haben, ein kleines Mädchen haben die sich so sehr gewünscht. Aber als ich dich dann auf dem Arm hatte, viel zu früh im siebten Monat geboren und mit 48 cm und in den viel zu großen Puppenkleidern von deiner Tante...da ging es nicht! Du gehörtest schließlich zu uns! Also habe ich rumtelefoniert und jeder dachte, ich hätte ein Kind bekommen und nicht deine Mutter...bis ich das erst einmal aufgeklärt hatte...und dann mussten wir ja die ganzen Babysachen kaufen, die du so brauchtest," Und das erste Mal in meinem Leben spürte ich, dass dies genau meine Geschichte ist (und fühlte mich schuldig, weil sie Babysachen für mich kaufen mussten, weil die ja so teuer waren)...die Abtreibung schief gelaufen ist und der „Abort" in die WC Schüssel sollte...und ich dann plötzlich da war...ein Bündel Leben, unwillkommen und ungewollt, verblüffte und erschrockene Gesichter, eine viel zu junge „Mutter", die dafür gar nicht bereit war und wahrscheinlich auch nicht wusste, was mit ihr so passiert, weil ihre Mutter sie beschützen wollte, weil sie diesen nie selber empfand und das Mutter-Sein als Bürde er-lebte und damit keinen Freiraum fand...Und obwohl ich dies alles so sehe und auch fühle und auch verstehe, verstehe ich nicht, wie man sein Kind trotzdem nicht lieben kann, selbst gestillt wurde nicht, weil man so was nicht mehr macht und es ja nun die Flasche gibt...

und dann tut mir dieses Kind leid, dieses junge Mädchen, was meine „Mutter" wurde, ob sie nun wollte, oder auch nicht...und ich verstehe diese Überforderung dieser ganzen Situation, dieses aufgezwungene Mutter-Sein und dieses Gefühl,

in einem falschen Film zu sein. Ich verstehe auch, „Mama", dass du dich so gefühlt hast...dich arrangieren musstest, die Hilfe deiner Mutter annehmen musstest, mich zu versorgen, um deine Ausbildung zu schaffen. Ich sehe das. Ich fühle das - und es tut mir leid. Es tut mir leid, dass dies so gelaufen ist für dich und dass dich niemand gesehen hat, vielleicht dich auch niemand verstanden hat und so ein Geheimnis darüber entstand, niemand für dich da war. Das verstehe ich alles.
Und es tut mir leid, was dir passiert ist.

Was ich nicht verstehe ist, warum ich dir egal war, du mich nicht als dein Kind angenommen und gesehen hast und mir gezeigt hast, dass ich dir was bedeute, ich dir vielleicht was wert bin - du mich liebst?! Das verstehe ich nicht… wenn ich ein Baby im Arm habe, ein Kleinkind sehe, spüre ich Liebe - für ein völlig fremdes Kind! Und wenn jemand ein Kind auf meiner Schwelle ablegen würde, würde es hier bei mir und bei uns ein zu Hause finden, Liebe finden - ganz egal, was für eine Geschichte dieses Kind mit sich bringt, weil es einfach Schutz und Liebe benötigt, um zu wachsen, zu gedeihen, sich ent-wickeln zu können...doch du hast mir dies weder zeigen noch geben können und ich frage mich, warum... Und dann kommen so viele Gedanken in meinem Kopf, die grausam sind und wieder ein Geheimnis aufdecken würden, was schon so lange begraben ist und wieder einmal keiner drüber spricht, aber diese Familie ausmacht, sie innen auseinander brechen lässt.

Ich vermisse es oft - immer noch - eine „Mama" zu haben, mal eine „Mama" um Rat zu fragen oder zu wissen, da ist jemand, der ist da, für mich, einfach so und einfach, weil es so ist, sein kann...und gleichzeitig weiß ich nicht, wie dieses Gefühl so ist... Und eine Oma für meine Kinder wäre schön gewesen, nicht, um diese zu beaufsichtigen, sondern um eine Oma zu haben, die ihnen erlaubt, so viel Süßes zu essen, bis sie platzen oder mit ihnen Plätzchen zu Weihnachten backt oder einfach nur eine Geschichte vorliest... halt all die Sachen, die Omas so mit ihren Enkeln voller Stolz machen...da sein und sie durch s Leben

begleiten, einfach Oma sein.
Auch dies ging nicht, weil ich meine Kinder schützen musste vor dir und deinem Leben mit diesem Mann, der Kinder und Frauen nur missbrauchen und schlagen und vergewaltigen konnte. So wie dich. So wie mich - und wie viele davor, weiß ich nicht.

Also, ich muss gestehen, als ich gehört habe, dass er endlich tot ist, war ich sehr erleichtert - gar nicht so sehr, wegen mir persönlich, sondern, weil ich dachte, nun kann er niemanden mehr verletzen, vergewaltigen und missbrauchen...und ich war froh. Nicht mehr, nicht weniger...
Und jetzt ist er tot, du hast reich geerbt und ich frage mich, fehle ich dir vielleicht - oder deine Enkel, die nun wunderbare Erwachsene sind?! Du hast mich verkauft, hast nun Vermögen geerbt von ihm, deinen dann doch noch geheirateten Mann - wie fühlt es sich an?! Das frage ich mich oft... kannst du schlafen mit dem Wissen, dass du genau dafür deine Tochter verraten, nicht geschützt und somit quasi verkauft hast? Keine Tochter mehr in deinem Leben, keine Enkel hast?

Wenn ich daran denke, zieht sich mein Herz zusammen und es schmerzt, gar nicht so sehr wegen mir, sondern wenn ich auch nur im Ansatz daran denke, dass dies meinen Kindern hätte passieren können...

Aber ich wurde weg-ge-trie-ben von dir und deiner Familie und deinen Gewohnheiten und deinem Leben, um meine Kinder zu schützen, mich zu schützen, mich weiter ent-wickeln zu können, obwohl ich mich immer getrieben fühlte...ge-trie-ben ein Leben für mich zu er-schaffen nach deinem Rauswurf, als ich gerade zwei Wochen wieder da war aus Amerika, wo ich ein Jahr war...ge-trieben davon, nicht wie du zu sein, meine Kinder nicht für Liebe zu verkaufen oder für das, was ich dafür hielt...ge-trie-ben zu sein, mein „anderssein" auch zu sein und was zu erreichen, um von niemanden - und schon gar nicht von dir - abhängig zu sein...

Wie gesagt, ich verstehe den ersten Part meiner und auch deiner Geschichte, den weiteren allerdings nicht mehr und ich weiß nicht, ob ich das muss. Zurzeit ist es so, wie es ist und ich kann nur sagen: diesen ersten Part, den verstehe ich.

Alles was danach kam, ist für mich irgendwie ein Rätsel, auch wenn ich Vermutungen habe, die ich hier nicht äußern will und kann, weil genau dies nicht meine Geschichte wäre oder ist, sondern deine - auch wenn die dann auch irgendwie zu meiner geworden ist, ich sie mitgetragen habe. Und dies macht mich traurig, dass du dafür nicht die Kraft hattest... weil es uns zerstört hat, die Möglichkeit genommen hat, Mutter und Tochter zu sein. Vielleicht nicht immer in Harmonie vereint, aber doch eine Familie zu sein. Und ich weiß genau, irgendwann stehe ich an deinem Grab und ich weine um das, was zwischen uns nie gewesen ist - und nicht, weil ich dich dann vermiss.

Das finde ich traurig.

Aber es ist, wie es ist und so hat es mir ein Leben geschenkt, welches ich meinen Kindern bereiten konnte - ohne Angst, ohne Geheimnisse und mit viel Liebe, Wertschätzung und Rückhalt, weil so einfach Familie ist.

zersplitterte Geheimnisse

Lebensfragmente mit großem Fragezeichen
zeichnen Mitglieder meiner Ursprungsfamilie
im Hintergrund aus
viele unbeantwortete Fragen
bezüglich gelebter Lebensinhalte
die im Nebel liegen
verborgen kommen sie kaum ans Licht
fragmentierte Wahrheiten
liegen als Meilensteine im ursprünglichen Familiensystem
die Leben blockieren
Entwicklung verhindern
und Leben von Nachfahren so sehr einschränken,
hinauszögern...
Mitglieder der Familien
fördern keine Eigenentwicklung
keine Eigendynamik des Kindes...
Interessenlosigkeit am Einzelnen
verhindert ganzheitliche Entwicklung im Ganzen
verhindert komplette Liebesempfindungen
und Selbstbestimmung des Einzelnen...

ohne Licht

kann kein Schatten sein
lange Nächte ohne Aufwachen
lassen mich nicht schlafen
wecken mich nicht
bin zwischen soll und sein
ja und nein
alles und nichts wird sein

wie soll Licht ohne Sonne sein?

ich suche das Licht
finde es nicht
kann so nicht sein
finde mich nicht
adaptiere die Dunkelheit
wenn der Mond mal scheint
bin ich bereit
ohne Tage zu leben
ohne dich zu sein
erscheint nicht mehr schwer
die Sonne fehlt nicht mehr

ich erschaffe mein eigenes Licht
sterbe nicht
lebe hier und weiter
auch mal traurig
mal glücklich

mache weiter alleine
ohne Licht
bin ich mein Licht
scheine in der Dunkelheit
gehe meinen Weg
immer weiter
Dunkelheit hält mich nicht mehr auf
ich stehe wieder auf

ohne Licht geht es auch!

festgefroren

…schon beim wach werden merke ich, dass es heute anders ist, als gestern und vorgestern und ich merke, es geht heute nicht, nichts geht. ich bin fest gefroren, eingefroren in mir selbst...das innere wird nach außen gekehrt, ich bin verletzlich, weinerlich, bin heute sehr verletzt, voller schlimmer erinnerungen und albträume...und ich bin gerade zerflossen in mir selbst, aus mir heraus, ganz verwundbar und nicht da und fühle weder mich noch dich noch meinen Körper, bin irgendwie weg und gedämpft, möchte heute keinen Kontakt, nicht da sein, weg sein und einfach tot sein, weil es so schlimm ist, immer dann, wenn es da ist und mich weg macht und alles weg nimmt, was ich aufgebaut habe in mir, um mich herum, mit mir. ich bin weg in mir und fühle mich so glasklar, dass es weh tut und ich schmerze, überall, immerzu und wünschte, ich wäre nicht mehr da, um dies nicht mehr ertragen zu müssen, endlich nicht mehr fühlen zu müssen, endlich nicht mehr erinnern zu müssen...nichts mehr zu müssen...ich bin weg aus mir und finde mich nicht mehr, bin einfach nicht mehr da...emotionslos friere ich in mir ein, möchte schlafen, ganz weit weg sein und ich versuche dies alles abgrenzen, mich weg zu machen, so einfach, so bequem einfach alles abzuspalten...ich verschwinde im schützenden nebel, entschwinde immer mehr, fühle mich nicht mehr, bin einfach weg in mir, ohne mich mitzunehmen, bin auch kein ich mehr...eine umherschwirrende masse von zellen, aufgespalten und zerrissen in milliarden kleinster teilchen, die sich langsam immer mehr auflösen und im nichts verschwinden, so viel erleichterung damit finden, frei sind von allem und jedem, der sie zurück hält im Leben....

„STUMM SEIN IST KEINE OPTION"

Machtmissbrauch

...erschüttert den Missbrauchenden
gibt den Missbraucher Selbstdarstellung bis zum Tod
und darüber hinaus ein schlechtes Bildnis des eigenen Selbst
erweitert den Radius der Betroffenen
durch charismatische Ausbrüche und drohende Gestik und Mimik
für immer gehemmte Menschen im Radius
die sich nichts mehr zutrauen
das eigene Selbstbild wackelt bis es umfällt
voller Selbstzweifel dem eigenen Glauben beraubt
für immer in Unsicherheit stillgestanden
bis der erlebte Wutausbruch verrauscht
das Feld fluchtartig geräumt wird
mit einem schlechten Beigeschmack im Mund
mit Schrecken an den Missbraucher gedacht
dauert die Benommenheit des Missbrauchten einige Zeit
einen klaren Kopf zu fassen
das Ganze dann auch noch in Worte fassen
und dann das Erlebte sich nicht wiederholen
oder im Kopf einfrieren
oder gar selbst so agieren lassen
keine Integration im eigenen Leben zu lassen
einen Platz dafür schaffen
die eigene Sicherheit wiedererlangen
Erfahrungen dadurch sammeln
dass Machtmissbrauch Freiheit und Denken raubt
das eigene Selbst blockiert
bis es das Atmen wieder erlaubt

das Denken fließen kann
und Machtmissbrauch erkennt und kalkulieren kann
trotz alles Wissens bei so einem Erleben den Mund hält
Selbstschutz aktiviert
das Überleben somit garantiert
und ein Erkennen solcher Personen besser wahrnehmen kann
um Situationen besser zu analysieren
und Machtmissbrauch vielleicht besser einschätzen
und trotzdem weiter leben zu können...

Erkenntnisse

Ich habe immer gedacht, es würde sich bei allem im Leben nur darum drehen, was man erreicht im Leben, vor allem beruflich. Und natürlich auch finanziell... doch, dass dies ein Irrtum ist, sehe ich nun erst jetzt, mit Mitte vierzig, so nach und nach. Es ist erstaunlich, wie sehr sich Prioritäten verändern, wenn sich ein Leben verändert, vor allem dann, wenn es sich nicht aus freiem Willen veränderte, sondern einfach, weil es so passiert ist - warum auch immer.
Aufgrund eines einschneidenden Erlebnisses - welches mich mit Ende dreißig so einholte und völlig aus meinem so schön erdachten Lebenskonzept katapultierte, weil mich die Erinnerungen meiner Psyche und meines Körpers einholten - veränderte sich erst ganz allmählich, dann aber doch in einem inneren lauten Boom alles.
Von einem Tag auf dem anderen stand ich da, hatte das Gefühl, ich kann den Lebenssand mit meinen Händen nicht mehr aufhalten, er verrinnt immer mehr, ohne, das ich etwas dagegen tun kann - und das mit einem angemieteten Haus, einem Haushalt, Kindern und Tieren, für alles alleine verantwortlich und nun brach alles zusammen.
Meine Kinder waren damals mein Anker, auch wenn man so was wahrscheinlich nicht so schreiben sollte...aber so war es: wären sie nicht gewesen, hätte ich den Kampf aufgegeben - und mich und vor allem das Leben komplett aufgegeben.
Ich konnte einfach nicht mehr kämpfen, aus physischen, psychischen und seelischen Gründen und ich hatte das Gefühl, alles hat sich gegen mich verschworen und das was nun passiert, kann ich einfach nicht mehr aufhalten.
Plötzlich hatte ich das Gefühl, ein ganzes Leben gegen Windmühlen gekämpft zu haben und nun hing ich an einer und schwebte kontrollos und machtlos einfach umher...
Nichts konnte ich tun und irgendwann war ich in einem großen Schlund verschwunden, einem Schlund aus Depressionen, Schuld, Scham und einer sehr

großen und vor allem einer existentiellen Angst, die oft den Atem nahm. Nicht nur die Schlafstörungen und die Erinnerungen ließen mich nicht schlafen - auch die Angst davor, den Kindern nicht gerecht zu sein, ihnen einfach mehr geben zu müssen, weil sie es verdienten...ich es so gerne so hätte...doch mit „wollen“ hatte diese Situation schon lange nichts mehr zu tun.
Ich war einfach fertig, müde, erschöpft, ohne Hoffnung. Out of Order - im wahrsten Sinne des Wortes...
eine sehr schwierige Zeit meines und auch unseres Lebens, welche mich sehr viel Kraft kostete und immer noch kostet. Und mein Zusammenbruch ist nun schon fünf Jahre her, trotzdem fühle ich mich weder „normal“ noch „gesund“ und trotz allem habe ich aber das Gefühl, das ich mehr arbeite, als ich es beruflich je getan habe. Ein Leben nach einem „Burnout“ wieder aufrecht zu bekommen, morgens aufzustehen, einen Spaziergang zu machen, Termine wahrnehmen, einkaufen ...alleine so was kann so anstrengend sein, dass die Erschöpfung mich schlafen legt, oft auch lahmlegt und ich es nun einfach so akzeptiere, so wie es ist. Auch wenn es immer noch Momente gibt, die nicht gut sind - ich all diese Umstände einfach nur ankotzen, ich gerne meine alte Power wiederhätte, meinen Elan, meinen Humor und meinen Mut, das Leben wieder „einfach so“ zu meistern, egal was kommt. ... oder ich wieder verschluckt werde von dem Schlund, der in der völligen Dunkelheit liegt und mich zudeckt, einfach so, ob ich will oder nicht. Diese Hilflosigkeit macht mich traurig und manchmal weine ich deshalb sogar, einfach so. Das wäre mir früher nie passiert und es überrascht mich immer noch, wenn Tränen meine Wangen hinunter laufen...Shit happens!
Ich weiß, dass alles seine Zeit dauert, auch wenn meiner Meinung nach die Zeit keine Wunden heilt, ist es doch so, dass es irgendwie - nur etwas - erträglicher wird, vertrauter, aber die Machtlosigkeit darüber einfach bleibt. Es ist halt nicht zu ändern, was nicht zu ändern ist - aber ich denke, es geht darum auch nicht im Leben.

Für mich ist es nun etwas leichter geworden, weil ich für mich bemerkt habe, dass es im Leben nicht darum geht, was gerade ist, sondern warum und was wir oder ich daraus ziehen soll. Eine Art Weiterentwicklung des persönlichen Selbst, um im Leben einfach verschiedenen Kreisläufe zu durch leben, die einfach gerade dran und wichtig sind, warum auch immer...
Aber ich hinterfrage nicht mehr, ich versuche - und dies gelingt mir echt immer besser - im JETZT zu sein, zu leben und es einfach so zu sehen, wie es gerade ist. Ich unternehme was, bin mit Menschen zusammen, die mir wichtig sind - und plötzlich am nächsten Tag, habe ich Fieber, bekomme Ausschlag und Schnupfen, brauche mein Asthmaspray...gute Tage, schlechte Tage...sie sind einfach da, ich kann es nicht ändern, ich kann nur damit umgehen lernen, weil es keine andere Möglichkeit für mich damit gibt...insofern geht es nur wohl dosiert, weil es mich sonst einfach wieder niederstreckt, ich Körperreaktionen habe, die nun zu mir gehören. Toll finde ich es nicht, anders würde ich es mir wünschen, na klar! Aber was soll ich tun!?
Ich weiß, dass ich nun mehr schreibe und auch meine Texte erreichen viele Mitbetroffene, denen meine Texte helfen - weil es das Gefühl nimmt, alleine mit diesen ganzen Sachen zu sein, die traumatische Erlebnisse so mit sich bringen. Und ich würde gerne mehr schreiben, mehr Zeit dafür haben, aber dies ist wohl zurzeit noch nicht dran.
Meine Kinder aufwachsen zu sehen, zu sehen und zu erkennen, was für wundervolle junge Erwachsene sie geworden sind, trotz aller Umstände in unserem Leben, macht mich froh und nun kann ich auch sehen, das dies das Wichtigste für mich ist und war, dies erleben zu dürfen, mein größtes Lebenswerk sind meine Kinder, in denen ich weiter leben werde, auch wenn ich nicht mehr bin. Sie sind das, was mein Leben gestaltet hat und sie sind mein größtes Glück - viel mehr wert als meine Studien und Weiterbildungen und der Gedanke, ich bin nur wertvoll, wenn ich was beruflich nachweisen kann.

Was für ein Lebensglück, dieses erfahren zu haben...

„STUMM SEIN IST KEINE OPTION“

innerlich tot

Ich bin stark
niemals offensichtlich schwach
habe Übergewicht
deshalb sehen mich ALLE (!) stark
lachhaft! denke ich
weine leise,
doch meine unsichtbaren Tränen sieht niemand,
nur mein Lachen wird gehört -
mein Äußeres und mein Lebenslauf gesehen,
hinter dem ich mich immer gut versteckt habe, verstecken konnte -
der mein Stock im Rücken war,
mein Selbstwert gestärkt hat, es nur das eigentlich war!
Es ist doch gestört!
Nur das gerne gesehen, nur das gehört!
Ich bin, was ich bin, weil ich das in mir habe,
was mich geprägt hat, mich jahrelang nur in Angst hat leben lassen!
Traumatische Lebenserfahrungen,
die ungesehen sind und ungesehen werden,
lebenslang eingebrannt sind!
Nur und nun durch Folgestörungen aufbrechen,
nur dann gesehen werden,
wenn sie nicht mehr unerkannt sind!
Keine Zeit aufzugeben
das Leben gebar Verantwortung
die habe ich übernommen, stehe dazu
lebe damit -

und mit dem, was keiner sieht!

Mit einem Missbrauch

schön geheim,

schön versteckt -

alt und doch neu,

in Erinnerungen versteckt!

Innerlich immer wieder sterbend

und der einzige Lebenserhaltungstrieb

die Verantwortung ist, die das äußere Leben hält -

aber das innerlich sterben niemals aufzuhalten ist!

Der Tag, an dem meine Seele zum ersten Mal kaputt ging

Lachend laufe ich nach oben, freue mich sie zu sehen...erzähle, lache und fühle mich wohl. Trinke und esse etwas und gehe wieder nach draußen - zu meinen Freunden, die schon auf mich warten - ich bin zu Hause, geborgen. Fröhlich und glücklich tobe ich herum, klettere auf einem Baum, meine Hose ist an einem Knie gerissen und dreckig, lache mit Freunden, spiele Fußball und Tischtennis und sitze abends müde und glücklich und geborgen auf der Couch, Oma schneidet Äpfel, wir schauen einen Film. Es ist warm und gemütlich und in einer warmen Decke kuschle ich mich an die beiden wichtigsten Personen für mich, in meinem kleinen Leben: Oma und Opa…und schlafe irgendwann völlig erschöpft und wirklich angenommen und wirklich geliebt ein. Am nächsten Tag fahren wir zum Campingwagen, auch dort nehme ich sogleich das viel zu große Rad von Oma und fahre herum, grüße die vertrauten Gesichter und stehe nach einem plötzlichen Sturz wieder auf, die Ecke war zu kurz und ich zu schnell, wie üblich. Der kurze Schmerz wird mal eben fix mit den dreckigen Händen weggewischt und es geht weiter, den Freunden hinter her, die Freiheit zu spielen und sich frei und gut zu fühlen wartet nicht…und ich weiß unbewusst, später bekomme ich dort mit einem liebevollen und leicht lächelnden Blick und dem tiefen, seufzenden und echt ernst gemeinten Satz „du wärst ein guter Junge geworden" etwas Salbe und ein Pflaster drauf. Und kurz darauf ist es vielleicht eine kleine Narbe, aber eigentlich auch schon wieder vergessen…unwichtig geworden und in Vergessenheit geraten. Sicherheit, Geborgenheit... und das Wissen, sie sind da. Jetzt.

Nur gefühlte kurze Zeit später treffen mich harte Schläge mit dem harten Holzstock und hinterlassen Spuren auf meinem kleinen Körper, Schmerzen durchzucken mich und Angst, ich schütze mich und meinen Kopf mit den Händen, auch die bekommen ihre Strafe ab, weil ich nicht liegen geblieben bin und aufgestanden bin, was trinken wollte. Ich war böse, habe nicht gehorcht. Ich werde weiter mit dem Stock schlagend und gegen Wände und Türen schubsend wieder zurück ins Bett geprügelt, bekomme dort mit der flachen Hand noch mehrmals Schläge auf den ganzen Körper, mitten ins Gesicht...ich zittere, weiß nicht wohin mit all diesen schmerzenden, ängstlichen Gefühlen, ich weine, haltlos, schmerzvoll…er schüttelt mich und ich werde angeschrien: „Hör endlich auf zu heulen, dein Schreien und Heulen nützt dir nichts, lass es dir eine Lehre sein - wenn ich dir was sage, hast du zu hören. Und nun halt den Mund und schlafe, - tu´ einmal das, was Erwachsene dir sagen. UND wenn ICH was sage, hast du zu parieren!“ Ich hörte alles und nichts. Meine Angst war so übermächtig und stark… alles tat weh… mein Kopf, mein Rücken, mein Hintern und meine Oberschenkel… noch nie in meinem Leben habe ich so gefühlt, ich rollte mich schmerzend und mühsam zusammen auf dieser harten und eklig riechenden Schlafcouch, die mir so fremd ist und nicht zu meinem Leben gehört. Jeder Schmerz ist wie ein Klumpen Eis in meiner Brust und lässt mich einfrieren, ganz tief in mir, alles wird kalt, ich friere ein und ich habe das Gefühl, etwas geht kaputt in mir, aus mir. Dieses laute Rauschen in mir und um mich ist plötzlich ohrenbetäubend und hüllt mich ein, alles andere wird leiser, weit weg und ich verschwinde, bin verschwunden, das erste Mal in meinem Leben einfach weg aus mir, dieses Rauschen hüllt mich ein und trägt mich weg, schützt mich, deckt mich zu… der Schmerz verschwindet…fühle mich komisch, allein, schwerelos…nichts ist mehr da...und alles ist weg… und wird mir egal, auch der Schmerz tut nun nicht mehr weh… ich bin nicht mehr ich, ich bin kein Schmerz mehr, bin einfach nicht mehr da. Und ich glaube, ich bin sieben, war sieben...an dem Tag, an dem das erste Mal meine Seele kaputt ging und zersprang...

ich erfroren war und bin ... und irgendwie verschwand…

„STUMM SEIN IST KEINE OPTION“

für ihn

....

für ihn habe ich ihn ertragen

sie ertragen müssen

für ihn war ich die große schwester

für ihn das anhängsel, was man gefügig gemacht hat -

mit dem vollen einverständnis von ihr

bewusst und unbewusst erzogen zum absoluten gehorsam

zu einer marionette

die immer dann tanzt,

wenn er es will und es braucht

er brauchte es oft

jede nacht musste ich tanzen

dann auch am Tage

später in ihrem beisein

unbewusst und bewusst ertragen

die scham marionettenmäßig am leben zu sein

mit diesen fäden

die mich tanzen machend

leblos bewegungsfähig sterben lassend

ausgehöhlt in tiefer pein

und nur für ihn habe ich es ertragen

am leben zu sein

ich habe ihn dadurch beschützt

nur so konnte er irgendwie noch

mein kleiner bruder sein

Gewalt

Gewalt war nicht immer ein Begleiter meines Lebens - in den ersten Lebensjahren kannte ich dieses Wort nicht, auch wenn manchmal etwas passierte, was man heute so einstufen würde, wie etwa einen „Klapps auf den Hintern" etc.

Gewalt war nie ein Thema, bis ich ca. 6/7 Jahre alt war.

Das erste Mal war Gewalt für mich, als ich verprügelt wurde, prinzipiell ohne ersichtlichen Grund...ich wollte meinem Bruder und mir was zu trinken holen, als der Freund meiner Mutter (ich hatte gedacht, die beiden sind weggegangen) hinter einem Sessel hervor kam und mich mit einem Stock verprügelte. Ich hatte ohne Erlaubnis das Bett verlassen, dabei wollte ich nur was zu trinken holen für meinen Bruder und für mich…und er prügelte immer wieder auf mich ein, bis ich wieder in diesem lag und dann gab er mir noch einmal ein paar auf den Hintern mit der flachen Hand. Er brüllte, dass ich das zu tun hätte, was er mir bzw. uns sagte, wir hätten zu gehorchen – zu dem Zeitpunkt kannten wir ihn glaube ich erst ein paar WOCHEN.

Dieses Erlebnis war sehr einschneidend für mich, da ich es nicht kannte, Angst zu haben. Seitdem hatte ich sie, egal was ich tat und wo ich war.
natürlich waren die körperlichen Schmerzen nicht „schön“ - aber das, was dieser körperliche Übergriff mit mir machte, war weitaus mehr. Nicht nur die Angst war plötzlich da, vor diesem Mann, der irgendwann einfach in meinem Leben so viel „Platz“ ein nahm, sondern auch vieles andere mehr. Ich fühlte mich nicht mehr sicher.

Kurz nach diesem Zeitpunkt erlebte ich dann zum ersten Mal, wie meine Mutter

von diesem Mann verprügelt wurde - ich kann mich nur erinnern, dass ich schon im Bett lag und aufstand, weil ich sah, wie er sie mit der flachen Hand mehrmals Ohrfeigte...ich wollte meiner Mutter helfen und schrie los, er soll sie in Ruhe lassen - daraufhin verpasste er mir auch eine, dass ich in die Ecke flog. Meine Mutter sagte zu mir, misch dich nicht ein - und ZACK, hatte sie wieder einer und flog ebenfalls in eine andere Ecke. Ihr Gesicht war sehr gerötet und geschwollen... und dies war nicht das letzte Mal, dass ich dies sah.
Es passierte oft, dass er sie schlug - degradierte, wenn sie nicht das tat, was er wollte oder sie einfach zu Sachen drängte, die er JETZT wollte. Auch Sex gehörte dazu, ich hörte sie oft schreien, habe mich aber nicht mehr getraut, da zwischen zu gehen.

Das Schlimme an Gewalt ist diese lähmende Angst, die einen bewegungslos macht und
„immer wachsam“ in Lebenssituationen, auch wenn sie noch so schön sind - man könnte ja was falsch machen. Misstrauen wächst, weil die Grenze zwischen „er/sie ist nett“ und „er/sie ist wieder mal so komisch“ ständig verwischte...
in diesem Sinne ist für mich die körperliche Gewalt ausschlaggebend - was für ein ironisches Wort in diesem Zusammenhang!

Mit ca. 6/7 Jahren erlebte ich die körperliche Gewalt zum ersten Mal, diese nahm stetig zu und intensivierte sich immer mehr.
Sie wurde verbal genauso schlimm, wie die Ohrfeigen oder die Schläge mit dem Gürtel, mit seinem Schlappen, den Schuhanzieher oder der flachen Hand - jedes Mal dachte ich, ich sterbe.
Das gehört dann wohl auch noch dazu...die Angst zu sterben. Daran hatte ich nun nicht gedacht.... also neben der ständigen Angst. kam die Angst zu sterben. Dann kam dazu das Gefühl, ihm „immer und ständig“ ausgeliefert zu sein, „mit“ dem Wissen der „Mutter“. Ich weiß nicht genau, was nun schlimmer war - das

Wissen, dass sie wusste, was er mit mir machte oder die Gewalt an mir durch ihn an sich.
Dies führte dann dazu zu denken, ich hätte es alles genau so verdient - ich war ja nicht lieb gewesen oder habe nicht das gemacht, was mir aufgetragen wurde, was ich machen sollte usw. Das Vertrauen in dem, was ich kann und konnte ging verloren. Die Gewalt übernahm mein Leben und kontrollierte alles, von dem Aufstehen am Morgen bis zum Schlafen gehen am Abend.
Später bestimmte dies sogar die Nacht...

Ab diesem Zeitpunkt war es so, dass immer die Angst mitschwang, wieder was verkehrtes zu machen, gemacht zu haben und das Vertrauen in meine eigene Person wurde immer weniger, verschwand in den kommenden Jahren ganz. Zu oft und zu viel wurden Verletzungen an mir begangen, die nicht nur körperlich waren. Zu hören, man könne ja nichts und wäre ein Versager und schon gar nicht so „gut" wie der eigene Bruder, überstieg irgendwann die Fähigkeit des Zuhörens und diese Sätze wurden verinnerlicht...wurden ein Teil von mir.

Körperliche Gewalt ist schlimm, definitiv - aber seelische Gewalt ist oftmals viel schlimmer, weil es Spuren hinterlässt in der Psyche, der Seele des Menschen und diese oftmals irreparabel beschädigt und zerstört.

Rückblickend muss ich gestehen, dass ich denke, dass ihm das auch Spaß gemacht hat, ihn eine Macht verliehen hat, die ihn erregte.
Nicht nur über meinen Bruder und mich, sondern auch über meine „Mutter", die sich dies nicht nur gefallen ließ, sondern uns dadurch auch unbewusst vermittelte, es ist „in Ordnung" geschlagen zu werden.

Oder zu schlagen, was sie ebenfalls tat. Sie verprügelte mich mit ihrem Holzlöffel, mit der flachen Hand – aber eher mit Gegenständen wie dem

Holzlöffel. Ein paar Mal hatte sie auch nur den Pfannenwender in der Hand, mit dem sie mir ins Gesicht schlug.
Sie sagte mal, dann würde ihr die Hand danach nicht so weh tun...

Je älter ich wurde, desto mehr verlagerte sich die körperliche Gewalt auf sexuelle Gewalt und die letztere wurde immer stärker und intensivierte sich immer mehr, bis kaum noch geschlagen wurde, außer, ich hatte schlechte Noten oder parierte nicht. Und das mit den schlechten Noten kam in den ersten zwei Jahren nach den ersten sexuellen Übergriffen häufig vor. Als ich lernte, dies irgendwie zu trennen, wurde ich in der Schule besser, weil ich nur dachte, ich muss 18 werden, um endlich hier raus zu können und wenn ich sitzen bleiben würde, wäre ich noch länger „hier“. Also lernte ich, Schule und „zu Hause“ zu trennen und die Schläge nahmen ab - der sexuelle Missbrauch, die sexuelle Gewalt nahm zu.

Irgendwann mit 15 oder 16 Jahren weinte ich auch nicht mehr dabei, wenn ich geprügelt wurde - es gab ja schlimmeres als körperliche Gewalt, das wusste ich dann ja schon.

„Meine Mutter“ schlug mich oftmals so lange mit dem Holzlöffel, bis ich ohnmächtig wurde und umfiel. Wach wurde ich, weil sie mich anschrie und ich mich wieder vor ihr hinstellen musste, ich musste „Parade stehen“ und ihr gehorchen und ihr auch Antworten, wie „es sich gehört“. Sie zerrte mich hoch und sagte, ich würde
„mokieren“ und soll nicht so tun, als wüsste ich nicht, was sie von mir wollte. Sie schlug mich in der Zeit weiter, immer wieder mit dem Holzlöffel auf den Körper. Das ich nicht mehr so weinte, machte sie noch wütender. Irgendwann mit 17 glaube ich, wollte sie mich wieder angreifen, zerrte an meiner Kleidung und schlug mir ins Gesicht - aus Reflex und ohne nachzudenken schlug ich

zurück, ebenfalls ins Gesicht und schubste sie weg, Ich schrie sie an „Nie wieder packst du mich an“ und ich weiß noch, dass ich so wütend war, dass ich bei diesen Worten weinen musste. Ich war entsetzt über mich selbst und gleichzeitig war etwas in mir einfach explodiert! Ich hatte meine Mutter geschlagen...Ich hatte mich gewehrt! Das erste Mal in meinem Leben...
meine „Mutter“ schaute mich fassungslos an, sagte, dass wirst du noch bereuen und schloss mich in das Zimmer ein, welches mir zugewiesen wurde - ihr Schlafzimmer. Dieses nutze ich als „mein“ Zimmer, wenn sie unten in der Wohnung bei ihm schlief - was seitdem wir dort eingezogen waren, ständig passierte. Mein Bruder war zu diesem Zeitpunkt ca. 4 Jahre alt und ich 7 Jahre, wir wurden also nicht nur geprügelt, sondern auch vernachlässigt. Definitiv sind Kinder in dem Alter viel zu klein, um jede Nacht alleine zu verbringen. Doch halt, ich habe vergessen zu erwähnen, dass es auch mal vorkam, dass sie bei uns schlief. Entweder sie hatten sich dann gerade wieder heftig gestritten, er sie verprügelt etc. - oder sie haben sich gerade aus was für einem Grunde auch immer nicht sehen wollen. Meistens war ich die Schuldige... „Ich würde ihr ihr Glück nicht gönnen“ und „Immer wäre ich im Weg“ usw.... das zum Thema, „verbale“ Gewalt.

Nachdem ich meine „Mutter“ geschlagen habe, fasste sie mich körperlich nicht mehr an. Es hatte sich was verändert zwischen uns - mir war es mittlerweile egal geworden, wie das Verhältnis zwischen uns war, weil ich egal was machen konnte - ich wusste, sie liebte mich nicht.

Auch mit fast 18 dann, wehrte ich mich wieder gegen ihn und seine sexuelle Gewalt und sagte ihm, er soll „mich in Ruhe lassen“, allerdings dauerte das noch ein paar Versuche seinerseits, bis er dann wirklich nicht mehr zu mir ins Bett kam, aber die „Stimmung zu Hause“ war seitdem wie Eis.
Nichts bekam ich mehr, nichts war gut genug und ich war - wie schon immer -

die „Böse“

Trotzdem bemühte ich mich in den kommenden Jahren weiter, von „meiner Mutter“ geliebt zu werden, aber nicht mehr so intensiv wie zuvor.
Ich wollte ihr gefallen, alles richtig machen - irgendwie steckte das so tief drin...eine Art Automatisierungsprozess, der sehr stark war in mir.
Und wie ich nun weiß, wird auch in so einer beschissenen und paradoxen Situation und Interaktion die Sehnsucht und Liebe geboren, ein Band geknüpft, von Gewohnheiten und Konditionierungen geprägt, was Bestand hat. Weil es nur das ist, was bekannt ist...

In den Jahren danach zog ich aus, ging nach Amerika, lernte da eine Familienform kennen, die von Liebe geprägt war - niemals wurden die Kinder dort geschlagen oder angegangen. Trotzdem blieb die Angst in mir, wenn ich war sagte, erzählen wollte...ich hatte immer Angst, was falsch zu machen.
Wenn ich Fehler machte, hatte ich Angst, diese zuzugeben oder auch Angst davor, mich zu entschuldigen. Ich hatte Angst davor, nicht geliebt, akzeptiert zu werden... und versuchte Aufmerksamkeit zu bekommen - nicht nur in Amerika, sondern auch schon viel früher, als Kind.
Sei es, dass ich auf Klassenfahrten rumgealbert habe, der Clown für alle war, so lange, bis ich nach vorne geholt wurde und neben einem Lehrer sitzen musste...was ich heimlich irgendwie genoss. Wenigstens war ich da etwas „frei“ und wurde nicht geschlagen oder degradiert oder was auch immer...auch wenn ich oft gehänselt wurde, weil ich nicht die „richtigen“ Sachen trug. Auch durfte ich ja nie weg, während sich schon alle anderen nachmittags trafen und schwimmen gingen, musste ich zu Hause auf meinen Bruder aufpassen, weil meine „Mutter“ nie da war.

Wieder in Deutschland, musste ich für eine kurze Zeit zu meiner „Mutter“

ziehen, allerdings habe ich mir nach ein paar Wochen eine eigene Wohnung gesucht - ich war dort einfach nicht mehr Willkommen und spürte dies mehr denn je. Ich störte da, wie eigentlich schon immer.
Durch meine eigene Wohnung wurde mir nicht nur klar, wie alleine ich war, auch wusste ich außer mir Jobs zu suchen, nichts mit mir anzufangen. Also begann ich, abends mal einen Rosé zu trinken, Aldi hatte einen, der nicht so teuer war und mir schmeckte. Irgendwie waren auch immer am Wochenende Leute da, es war Spaß und ich überbrückte die Einsamkeit und das Alleinsein, in dem ich mir einen Film anschaute und Rosé trank.
Das ging ein paar Wochen, wenige Monate - wie lange das genau war, weiß ich nicht mehr. Als ich merkte, dass ich nun automatisch abends zur Flasche griff, war ich geschockt - ich hasste Alkohol eigentlich…aber ein „schöner Nebeneffekt" war für mich, dass ich besser einschlafen und durchschlafen konnte...
ich stellte die Flasche hin und schüttelte den Kopf, dann ging ich zur Spüle und schüttete diese komplett weg. Die paar, die ich noch hatte, habe ich verschenkt oder jemanden angeboten, der zu Besuch kam. Ich selber habe dann eine lange Zeit keinen Alkohol mehr angerührt, ich habe mich vor mir selber erschrocken. Auch heute trinke ich kaum Alkohol, mal ggf. ein Bier Mix oder einen Sekt zu besonderen Anlässen, aber das sind wenige Male im Jahr.
Ich hatte meine Sehnsüchte nach Familie „betrunken" und mich so betäubt. Trotzdem blieb die Sehnsucht und irgendwann merkte ich, dass ich gerne ein Kind hätte.
Als ich dann mit 22 Jahren einen Mann in einer Disko kennen lernte, wusste ich, dass dies der Vater meiner Kinder ist und verhütete auch nicht (rückwirkend denke ich oft, „oh-man", aber damals...), ich wurde schnell schwanger, wir heirateten und mein einziger Gedanke war nur: „ich möchte ein Kind", und wir bekamen Kind zwei und Kind drei.

Nach Kind drei ließ ich mich „überzeugen“, dass eine Sterilisation das richtige wäre in dieser Situation („drei Kinder wären ja wohl mehr als genug!“)und ließ mich wieder
„fremd-bestimmen“, weil ich dies ja so gut gelernt und verinnerlicht hatte - und ließ diese Sterilisation über mich ergehen und redete mir ein, dass sie alle ja Recht hätten und meine Gefühle dazu unwichtig wären...wieder wollte ich gefallen, meinen damaligen Mann halten, weil ich merkte, das ging zu Ende...Sex mit ihm zu haben war für mich nicht gut, ich reagierte körperlich und ich dachte, dies wäre normal so...schließlich habe ich das ja auch so gelernt... also ließ ich mich sterilisieren, weil ich dachte, er bleibt dann bei mir und unseren Kindern.
Ich fühlte mich furchtbar mit der Sterilisation und war sehr unglücklich deshalb - für eine sehr lange Zeit.

Die Ehe ging in die Brüche und ich war alleine mit drei kleinen Kids (einem Baby, Kind zwei war zu diesem Zeitpunkt fast zwei Jahre und Kind eins war fast vier Jahre alt)

- und wieder begegnete mir das Thema Gewalt - in mir!

Während ich dies hier schreibe, weiß ich, dass es richtig ist, trotzdem ist ein Teil von mir sehr beschämt darüber, dass ich meine „erlernte“ Gewalt in mir hatte - und es gab bei jedem meiner Kinder Situationen, in denen ich mich „nicht unter Kontrolle hatte“ und ihnen ein paar Schläge mit der Hand auf den Hintern gab, ich glaube bei jedem Kind zweimal...danach fühlte ich mich so scheiße, ich war fassungslos und sah nicht mich, sondern meine „Mutter“ und ihren „Freund“ an meiner Stelle und ich war das „Kind“! Es war eine schlimme Sache und ich entschuldigte mich bei dem Kind, erklärte, dass ich dies nicht mehr machen würde und es mir sehr leidtut und niemand das Recht hätte, es zu schlagen und das dies „scheiße“ ist - auch und gerade von mir! Ich weinte oft deswegen in den kommenden Jahren und versuchte, wenn die Situation wieder „zu viel“ wurde (ich habe studiert, mich alleine um die Kinder gekümmert und war rückblickend manchmal einfach überlastet mit der ganzen Verantwortung), ging ich aus der Situation raus und versuchte, zur Ruhe zu kommen...irgendwann war es dann so, dass dieses Gefühl, „Gewalt“ in mir zu haben, mich nicht nur erschreckte, sondern mich echt fertig machte, mich anekelte und ich versuchte, dies einfach zu vergessen.

Zurzeit muss ich sagen, dass ich sehr froh bin, dass ich diesen Weg NICHT gegangen bin und diese „Gewalt in mir“ NICHT zugelassen habe, obwohl ich so oft gehört habe, „Hau ihr/ihn doch einfach mal einen auf den Popo, das hat dir auch nichts geschadet...“. Aber ich habe mich daran erinnert, wie es in Amerika war, habe mir Bücher über Erziehung gekauft und gelesen und habe mich komplett auf meine Kinder eingelassen, wir haben „uns“ sozusagen „neu erfunden“ und ich glaube heute, dass sie mich mehr „erzogen“ haben, als ich sie. Sie haben mir gezeigt, wie es ist, Kind zu sein, sein zu dürfen - und wie „Entwicklung“ überhaupt ist und funktioniert - in allen Belangen.

Ich bin sehr dankbar, dass es meine drei wundervollen Kinder gibt, die mir gezeigt haben, wie es ist, Kind zu sein und auch sein zu dürfen - und habe dabei alle „Traditionen der erlernten Kinder-Erziehung“ einfach abgelegt. UND es war mega schwer, aus diesen bekannten Rollen und Mustern raus zu kommen, nicht so zu reagieren, wie man es selber erfahren hat - weil das ein einfacherer Weg gewesen wäre - aber ich wollte niemals, dass meine Kinder mich mit Angst ansehen, vor mir Angst haben. Ich wollte, dass sie mir vertrauen, zu mir kommen, wenn was ist und ich wollte vor allem, dass sie wissen, dass ich immer für sie da bin, egal, was sie machen oder was passiert.

Ohne die drei, hätte ich dies nicht gelernt, lernen dürfen und ich bin ihnen dafür sehr dankbar!

Körperliche Gewalt ist eine schlimme und furchtbare Form von Macht, aus der man selber wirklich schwer heraus kommt und dies weiter zu geben, ist oftmals ein unbewusster Weg, der „übernommen" wird - weil es einfacher ist eine Handlung auszuführen, als diese auch zu spüren und darüber nachzudenken UND weil es einfach verinnerlicht wurde.

Diesen Kreislauf zu durchbrechen bedeutet, Schlimmes nicht weiter zu geben und „Familientraditionen" komplett zu brechen - **und all denen, die betroffen sind, wünsche ich viel Kraft und Mut dabei: es ist mit das Schlimmste an bewusster Selbsterkenntnis, was einem aufwachen und „sehen" lässt, was „früher" nicht in Ordnung war…**

...mit großen augen

schaue ich meinen papa an
ich hab ihn so lieb
diesen großen mann
er nimmt mich auf seine schultern
ich jauchze vor freude
hebe meine Arme in die luft
will einfach noch mehr
ich weiß nun
was liebe ist
ich bin nun vier
habe nichts vermisst

am abend liege ich im Bett:
mama zieht mir die decke weg
ich ziehe zurück
wir lachen dabei
und dann wirft sie sie etwas in die Luft
deckt mich wieder zu,
gib mir einen gute nacht kuß
und schließt die türe leise zu

irgendwann mitten in der nacht
werde ich
durch ein poltern wach
ich erschrecke mich
bin stumm vor schreck
weiß nicht was los ist
schleiche zur Tür

öffne sie leise und sehe meinen papa
wie er sich über meine mama beugt
und ihr mit der Faust
feste ins gesicht haut
sie sich nicht mal wehrt
nur die arme hebt

so kenne ich meinen papa nicht
warum haut er mama ins gesicht?
ich schleiche leise zu meinem bett
kriege dieses dieses bild nicht mehr weg
ich höre es wieder poltern
und auch schreien -
doch vor Schrecken stumm
bekomme ich keinen Ton heraus
weine still und leise
nehme meinen Teddy feste in den Arm
es ist so dunkel und ich habe Angst
weiß nicht was das soll
und was das ist

warum haut der Papa
die mama ins gesicht?

„STUMM SEIN IST KEINE OPTION“

Hinter dem Lachen

Ich bin in der Klasse:
alle lachen, albern rum - ich auch
und fühle mich anders, ausgegrenzt
nicht zugehörig,
alles kommt mir so albern vor, geradezu kindisch,
ich gehöre nicht dazu!
Egal wie sehr ich mich bemühe, wie sie zu sein,
ich schaffe es nicht, lache aber mit ihnen,
bin so wie sie, doch anders:
den hinter meinem Lachen, lebe ich in Angst!

Lachend sitze ich in dieser Studenten-Runde,
alle lachen, es wird gescherzt, sich verabredet -
ich versuche es auch, merke aber, ich, in mir drin,
ich gehöre nicht hier hin!
Ich versuche immer weniger sie zu sein, höre auf mein Bauchgefühl -
versuche mich trotzdem zu integrieren,
auch noch etwas wie sie zu sein,
auch wenn es sich nicht richtig anfühlt,
versuche ich angepasst zu sein:
den hinter meinem Lachen, wohnt so starke Unsicherheit!

Lachend sitzen wir Mütter in einer Runde, die Babys auf unserem Schoß,
erzählen von den ersten Momenten des Glücks -

wieder merke ich,
ich bin anders, gehöre nicht hier hin, weil ich einfach anders bin -
Ich lache weiter mit, bin freundlich, zugewandt,
doch fühle mich fremd unter ihnen,
und absolut verkannt.

Ich weiß nicht, warum es eigentlich so ist
doch auch wenn ich lache, bin ich traurig,
den hinter meinem Lachen, wohnt ein Schatten, der mich packt und greift
und aus diesem Leben schleift!

Ich sitze da, schaue den Kids beim Spielen zu,
bin so stolz auf sie, sehe ihnen über die Jahre beim Wachsen zu!
Bin glücklich, weil es sie gibt, sie mir Hoffnung schenken:
Hoffnung, dass es ein Leben gibt!
Ich bin immer noch anders als alle, fühle mich nicht immer zugehörig,
weiß aber nun tief in mir drin, mit dieser Geschichte in mir, bin ich einfach anders -
bin so tief verletzt, dass nichts normales greift,
meine Seele einfach anders ist und so tief erfroren ist,
dass auch mit Wärme es sehr schwer zu erwärmen ist.
Die einzige Wärme, nur meine eigene Wärme ist,
die so lange erkaltet war, das mein ich in mir einfach gestorben war -
und erst durch lange Jahre an Erinnerung und Zeit und Kraft und Mut,
ein authentisch werden möglich war!
Ich bin nun ich,
immer noch nicht ganz, niemals richtig zugehörig -
den hinter dem Lachen, suche ich mich!

„STUMM SEIN IST KEINE OPTION“

Resilienz

es ist doch merkwürdig
wie sehr die Zeit vergeht
das innerste aber trotz allem weiter lebt
egal was passiert
irgendwie überlebt

resilienz ist wohl stärker
als der wille an sich
was der mensch dabei macht
ist auch eher unwichtig
die kraft alleine besteht
wehrt sich mit eigenartigen
symptomen und merkmalen
um alles leichter zu ertragen

nur das überleben zählt
alles andere wird vergraben
vergessen
weil es sich dann eh ergibt
das leben weiter geht
der mensch entwicklung hat
auch wenn es still steht

leben leben
weiter geht
resilienz den kopf über wasser hält

und allem anderen vergibt
weil nur das Überleben zählt

und es irgendwie weiter geht

Erstaunlich

ist es, immer noch und immer wieder -

wie sehr mich die Vergangenheit beeinflusst,
mitreißt, stehen lässt – und mich dabei nie vergisst!

Niemals gibt es ein „es wird besser“ oder ein „heil werden“, den das ist genau das, was Erinnerungsschübe, Flashbacks und Situationen, ja sogar Gerüche, Gestik, Mimik von Personen – egal ob fremd oder geliebt – ausmachen…
Vergangenes ist nicht vergangen, nicht weg und einfach unsichtbar – oder vielleicht sogar nicht wahr! Wie schön wäre das, doch…
ganz im Gegenteil! Gerade dann ist es immer und immer mehr da, wenn man nicht daran denkt, verwundbar ist, weil alles gerade so gut läuft – oder dieses Weihnachtsfest kommt…was ja jährlich passiert, man trotz Wissen und Erfahrung, immer wieder in alte Gefühle fällt…

Und plötzlich ist es wieder da, die innere Zerrissenheit, das Gefühl, machtlos zu sein gegenüber diesem ganzen Grauen aus längst vergangenen Tagen, die keiner gerne erinnert oder sein eigen nennen mag – dazu stehen kann, weil es einfach umhaut, in allen Lebenslagen das Leben bestimmt und das Leben einfach nimmt…

Und dann, wenn es gut läuft, man irgendwie klar kommt, diese spezielle Jahreszeit näher rückt, alle sich freuen, alles geschmückt ist…wird es mir klamm ums Herz, mein Kopf vernebelt … ich muss mich anstrengen, mich auf den Alltag zu konzentrieren, der sowieso so sehr eingeschränkt ist, durch diesen totalen und irreparablen Zusammenbruch vor ein paar Jahren.
Es ist schwer, dies zu ertragen, aber oftmals ist das Leben noch viel schwerer, weil es nicht gesehen wird, was getragen werden muss - jeden Tag - oder womit sich der Kopf befassen muss, jeden Tag!
Ein innerer Zwang, dagegen zu wirken, keine oder nur wenige Tränen laufen zu

lassen, eine gute Miene zu diesem Scheiß-Spiel aufzusetzen, um nicht allzu sehr aufzufallen…in diesem Alltag von Alltäglichkeiten, die zu diesem schweren Akt werden, alles weiter zu er-tragen.

Es geht nun, irgendwie, grenze ich mich ab von meinen eigenen Empfinden, um nicht zu sehr abzurutschen in dieses Gefühl der Leere, der Schwere, des Ausgeliefert-seins…und es geht nicht um ein Klagen, sondern um ein „normal-sein“ gerade und speziell in diesen Tagen, die so viele nicht er-tragen, aber kaum zu benennen wagen!

Suizid ist gerade zurzeit ein großes Thema, aber es wird kaum benannt – Missbrauch zu ertragen und damit zu leben, erfordert mehr als Mut, es erfordert mehr als nur Stärke…und ist niemals ausreichend, niemals „nur“ gut.
Viele schaffen es nicht, sich diesem Leben zu stellen, gehen… und verlassen damit diese Welt, ohne sich weiter diesem Kampf zu stellen...zu über-leben, vor allem in schweren Tagen und was übrig bleibt ist ein fader Beigeschmack, für die, die noch bleiben…
und offene Antworten auf Fragen, die sich nie getraut wurden zu stellen…

Genau deswegen ist es so wichtig zu reden, Fragen zu stellen, miteinander zu kommunizieren, da zu sein – vielleicht auch mal, ohne zu reden, den anderen wissen zu lassen, egal was ist - ich höre zu und auch wenn ich dich nicht verstehe, ich nehme dich so, wie du bist und lerne, zu verstehen, auch wenn es schwer für mich ist.

Eine nicht seh-bare Erkrankung zu haben, ist oftmals nicht nur durch die Einschränkung dessen besetzt, sondern auch mit dem Unglauben des Gegenübers verbunden, dem „nicht zu sehr zu glauben“ oder dem anderen zu vertrauen, dass es wirklich Sachen gibt, die selbst der Betroffenen nicht versteht… demzufolge auch der Betroffene kaum erklären kann, was da gerade so abgeht im eigenen Leben...

Auch das wird vorüber gehen, ich werde weiter gehen, sehen, was ist und passiert und mit diesem Mist die nächsten Jahre verbringen müssen, weil es ein Teil meines Lebens ist UND weil auch Therapien nicht richtig helfen, sondern nur das Verständnis für die Folge-Störungen, die nach einem Missbrauch entstehen können, etwas mehr fördern.

UND ich muss als Betroffener der erste sein, der mir selber glaubt und vertraut… das wird dann irgendwie ein Anfang sein, um dieses Tabu zu brechen, an den Folgestörungen eines Missbrauchs erkrankt zu sein.

Die Sonne

spüre ich auf meinem Gesicht,

wärmt meine Haut,

gibt mir Zuversicht –

ich fühle die Wärme,

sie gibt mir Leichtigkeit

ich verliere die Angst –

atme tief ein

und

langsam aus –

ich schöpfe Kraft!

und atme

- ganz langsam -

wieder aus…

und genieße die Sonne…

sie wärmt meine Haut!

„STUMM SEIN IST KEINE OPTION“

Noch 14!

Ich liege in der Plicht des Segelschiffes am Boden, abgestützt durch meine Füße auf der rechten Seite der Sitzfläche, unterhalb des Ruders in der Schräglage des Schiffes, auf dem Weg nach Dänemark.

Ich bin müde vom Aufpassen und es ist sicherer Tag. Ich will schlafen, bin so müde und leer…

Sommerferien.

Ich trage eine kurze, abgeschnittene Jeans, ein T-Shirt und ein Pulli darüber, es ist frisch an Bord und es geht ein Wind, der das Schiff gut vorantreibt. Wieder einmal segeln wir - weg von allem, irgendwie auch weg von mir und wieder etwas entfernt von einem sicheren Hafen… und der Wind versetzt das Schiff in einer Lage, in der Flexibilität gefordert und Erfahrung vorausgesetzt ist und wird… es ist ein gechartertes Segelschiff, weil Neues erkundet werden soll - auf nach Dänemark heißt es in diesem Sommer… eine glückliche Patchwork Familie sieht man da, alle im Einklang - was für eine Harmonie… und der Wind treibt uns alle stetig voran, dem unbekanntem Ziel entgegen: auf zu den Kreidefelsen!

Irgendwann bemerke ich, dass er sich genau dorthin setzt, wo meine Füße sind und weiß, ich bin nun nicht mehr in Sicherheit, denke daran aufzustehen - aber hier wird er es nicht tun, mich einfach anfassen, es ist Tag!

Er hält das Ruder lässig mit einer Hand, den Fuß abgestützt an dem Eingang zur Plicht, lässig und völlig entspannt.

Es ist helllichter Tag und meine Mutter ist mit meinem Bruder unter Deck, bereitet Getränke wie Cuba Libre für ihn zu und reicht es ihm an, ein paar Snacks - mundgerecht geschnitten - anbei. Sie macht Essen und mein Bruder malt unten am Tisch. Eine lockere Unterhaltung zwischen den beiden… ich bin froh, sie bemerken mich nicht, ich kann einfach hier liegen… die Sonne wärmt mich - endlich - und ich fange an, einzudämmern.

…ich bemerke, dass er mich anfasst, durch meine kurze Jeans versucht er an meinen Intimbereich zu kommen, was nicht gelingt. Er redet weiter mit meiner Mutter, als ob nichts wäre - ich bin schockiert, stocksteif liege ich da, kann mich nicht bewegen, bin erstarrt, erstarrt in mir, im Denken und Fühlen… denke, das kann es doch nicht sein, es ist hell - sie ist unten und da und sieht mich hier liegen… es kann doch nicht sein; ich versteife, ziehe meine Beine an mich, meine Gedanken schreien, doch ich bliebe stumm, kann nichts tun und sagen und mich nicht mehr bewegen, auch meine Augen blieben geschlossen - ich will es nicht sehen, nicht wissen. Er macht langsam meinen Reißverschluss der Jeans komplett auf und fährt mit einem, nein, mit zwei Finger an meinen Schlüpfer vorbei, hält ihn mit einem Finger an die Seite und fährt mit dem anderen in mich, immer wieder…. dann macht er eine leichte Bewegung mit der anderen Hand, tut so, als würde er sich anders hinsetzten und macht meine Beine etwas weiter auseinander, … die Zeit hält an, ich spüre alles und nichts und schäme mich so - fühle mich schuldig, wieso sieht sie mich nicht!? Wieso bitte hilft sie mir nicht!? Ich kann mich nicht bewegen und schreie so laut in mir, dass mein Kopf platzt und kriege keinen Ton heraus…

... ich habe solche Angst erwischt zu werden, und wieder fallen mir ihre Kommentare ein… wieder verantwortlich dafür zu sein, dass sie nicht glücklich werden kann, durch mich. Ich halte den Atem an, wann ist es vorbei… wieso tut er das!?

...ich verstehe das nicht, reicht es nicht, dass er nun morgens und abends zu mir kommt, mich „weckt“, trotz Schlafsack!?

Ich habe Angst, erwischt zu werden und wünsche mir doch nichts sehnlicher, als das „das“ passiert und „das“ endlich aufhört - ich will in Ruhe gelassen werden… ich will Leben und doch ertrage ich es nicht, will aus dieser Familie raus und bleibe nur, um meinen Bruder zu schützen, damit er nicht so viel Prügel bekommt, sondern nur ich, ich bin älter, muss auf ihn aufpassen, er ist mein Bruder. Ich bin verantwortlich … und trotzdem, ich will tot sein ... ohne diese ständige Schuld und Angst in mir, mich nicht sicher fühlen zu können, nirgendswo Hilfe bekommen können…

Ich bin ein Haufen Dreck, nutzlos, fühle mich schmutzig, will nur noch weg… und fliege hoch hinauf, sehe mich selber liegen und lache mich selber aus - bleibe du mal da unten hilflos und stumm liegen, ich fliege einfach höher hinauf, dann muss ich auch nichts mehr spüren

… ich steige hier nämlich aus!

Es ist fast der 08.08.88 - ich bin fast 15.

„STUMM SEIN IST KEINE OPTION“

An manchen Tagen versinke ich darin,

so sehr über das Leben nachzudenken, dass ich in diesem ganzen Denkprozess das Leben darüber hinaus einfach vergesse…
Ich denke und denke und hinterfrage alles und nichts
und auch nichts und alles…
Ich denke über mein Leben nach, über das, was passiert und gewesen ist und über das,
Was ggf. noch passieren wird und wie ich mich fühle mit all dem,
was geschehen wird und kann und merke immer mehr, dass ich dies gar nicht mehr so kann.
Ich bin im Jetzt… Nicht mehr so sehr im Morgen,
manchmal noch etwas verhaftet im gestern,
In guten wie in schlechten Tagen…
Und in schlechten sind die Guten kaum zu ertragen.
An manchen Tagen versinke ich, in dem Gefühl was mich einholt,
aus vergangenen Tagen ohne all die Zukunft zu hinterfragen
und das Heute zu sehen, das zwar ohne das Gestern nichts wäre,
aber oftmals einfach an Bedeutung verliert…
Weil manche Tage einfach so anstrengend sind,
mich so erschöpfen und auslaugen,
weil das Gestern einfach so schrecklich war….
Und dann verliere ich das Heute,
Weil ich das Gestern abspalte
Und das Morgen ist dann nicht mehr da…

am Ende

wieder einmal am Ende zu sein,
nach den langen Jahren des Kämpfens
erleichtert augenscheinlich das Leben
doch innerlich zerbreche ich
jedes Mal in Millionen Teilchen
atomähnlich zerbröselt ich
muss mich selber dann wieder sortieren
um mich zu sammeln
ganz zu werden
Kraft zu sammeln
für mich
für das was ich muss
um über-leben zu können
neu ent-stehen zu können
und um weiter zu machen
mit dem,
was ich brauche
um existieren zu können

erschöpfte Tage…

Manchmal habe ich so erschöpfte Tage, da weiß ich einfach nicht, wohin mit mir…

da bin ich so erschöpft, da stehe ich mir selber im Weg… bin in Gedanken schon weit weg,

stehe nicht mehr hier.

An erschöpften Tagen nervt mich der klingelnde Postbote, das Paket der Nachbarin, der Rasenmäher von gegen über und ich wünschte mir, ich wäre irgendwo in Stille, hätte Ruhe vom Leben,

oft auch Ruhe vor mir!

An diesen Tagen kann ich kaum aufstehen, ein „müssen“ scheint nicht zu vergehen und die Pflichten drücken mich nieder, wie der größte Hinkelstein, der nie zu heben ist - und Obelix ist nicht in Sicht!

Ich bin erschöpft, kaputt von den alltäglichen Alltäglichkeiten, den Pflichten und den Aufgaben und wünschte mir oft, ich müsste etwas weniger tragen, etwas weniger betroffen sein.

fast befreit

stelle ich mich unter die Dusche,
das heiße Wasser wischt die Spuren weg,
von seinen Händen auf meiner Haut -
einer Nacht,
die täglich ist für mich
und die ich versuche weg zu wischen,
ganz heiß,
unter der Dusche ,
am nächsten Morgen oder noch in der Nacht
oder am Abend,
oder...wann immer es passiert…
und ich duschen kann…

mit kindlicher Energie,
schrubbe ich mich ab,
um den Schmutz von meiner Haut weg zu bekommen,
den Schmutz,
der unsichtbar ist für Andere,
aber so sehr fühlbar für mich…
und mich so dreckig fühlen lässt,
einsam, allein…

mit sechs, sieben, acht, neun
zehn, elf, zwölf … -
fast befreit,
noch wenige Jahre,
denke ich, dann ist es so weit…

mit dreizehn, vierzehn, fünfzehn
drehe ich das heiße Wasser noch stärker auf,
mit jeder steigernden Alterszahl
fahre ich immer wieder
mit dem Duschkopf über jede Stelle auf meiner Haut,
um den Schmerz weg zu wischen,
den Dreck tot zu kriegen,
die Tränen zu ertränken,
welche nur fühlbar sind,
für mich…

mit fünfzehn sehe ich mich nicht mehr,
fühle nichts mehr,
bin nicht mehr da –
drei Jahre später tauche ich wieder auf,
sehe wieder klar -
fast befreit
drehe ich die Brause ab, lehne mich gegen die kalte Wand
spüre mich selber nicht –
das heiße Wasser hilft auch nicht…

ich trete aus der Dusche
trockne meinen Körper ab,
der mich so verraten hat…
ich nicht fühle,
innerlich
bin dreckig, verletzt,
vertraue nicht,
niemanden, nicht meinen Körper

und nichts…hilft
das Fühlen zu beseitigen,
auch nach Jahrzehnten nicht,
gehe ich duschen

und fühle mich danach…

befreit, wenn auch nur FAST…

freier Fall

Schwere, Dunkelheit, Gefangenheit
Lebensschatten greifen schnell, ohne Vorwarnung um sich
zerstören mein gewonnenes Selbstbild
stellen alles in Frage
ohne Antworten greifen sie um sich
hungrige Arme ziehen mich in diesen Bann
voller Zweifel, Angst, Traumatisierung
werde ich starr in mir
blicke in eine zukunftslose Gegenwart
ohne Sinn und Verstand
mit dem Gefühl des Verschwindens
fangen zeitlose Stunden mich auf
lassen mich schweben im freien Fall
ohne ein jetzt Erleben irgendwie und nur knapp dem jetzt überleben
mein ich entschwindet
ohne Limit und Grenzen alles aufgehoben
alles an die Dunkelheit abgebend
auf mysteriöse und unerklärliche Weise für immer aufgebend
den Abgrund klar vor Augen
regungslos das akzeptierend

löse ich mich in mir auf

lasse mich treiben

keine Angst mehr

alles klar nun

regungslose tote Augen

ergriffen von allem dunklem, tiefen, schwarzen und traurigem

falle in die Tiefe

spüre nur den Fall

losgelöst sein von aller Verantwortung,

aller Last

lasse ich nun los

lasse mich fallen

bin endlich frei von allem Schmerz

falle immer weiter

tiefer, dunkler

höre nichts und niemanden mehr

bin im freien Fall

„STUMM SEIN IST KEINE OPTION“

gestörte Weiblichkeit

Als ich klein war, hörte ich nie positive Worte über eine Monatsblutung bzw. wenn eine Frau aus meiner Familie ihre Periode bekam oder hatte. Es wurden Hygieneartikel gekauft, weil es so notwendig war.

Ein „Frau sein" in keinster Weise irgendwie „gelebt" oder „gefühlt", sondern nur – gerade und speziell auch meine „Mutter" - genutzt, um Ziele zu erreichen oder sich in „Pose zu setzen"…

Und als ich dann mit 13 Jahren meine Periode, wurde nur gesagt „Jetzt hast du auch deinen Mist" und mir wurden Binden etc. gekauft. Ich wusste ja, warum ich die bekomme, konnte ja nun „Kinder kriegen" und sollte „aufpassen"… ohne überhaupt was mit irgendjemanden zu haben. Sexualkunde hatte ich in der Schule und alles andere erfuhr ich aus der „Bravo" oder von Freunden…man klärte sich damals irgendwie gegenseitig uns auch selber auf.

Aber einen Bezug zu meiner Blutung oder zu diesem Prozess habe ich nie erlernt – für mich war nur klar, dass dies eine Möglichkeit ist, schwanger zu werden und Kinder zu bekommen – weil, die wollte ich schon immer sehr früh haben und auch möglichst viele 😉 !

Als ich älter wurde, bekam ich immer mehr Schmerzen während meiner Periode und es wurde für mich keine angenehme Zeit, auch Unterleibsschmerzen nahmen immer zu und kannte ich aber schon seit meinem 12.Lebensjahr, was aber eine Folgestörung ist.

Da ich immer viel gelesen habe, lernte ich natürlich dann auch, wie früher mit der sog. ´Mondblutung´ umgegangen wurde – und fand es sehr faszinierend und auch wunderschön und fühlte mich dazu hingezogen, zu mehr kam ich aber nicht.

Die Zeit verging und ich war eingebunden in „Leben leben", da meines kein einfaches war und meine Zeit als Kind und Jugendliche durch einen langen sexuellen Missbrauch geprägt war, hatte ich etwas Schwierigkeiten ohne richtige familiäre Unterstützung meinen Weg zu finden und zu gehen nach dem Fachabitur und meinem Auslandsjahr in den USA und war mit Anfang 20 dann in meiner ersten eigenen Wohnung und auf mich alleine gestellt. Ich hatte also demzufolge nie Zeit, meine „inneren" Belange in welcher Weise auch immer ernst zu nehmen und versuchte, mein Leben hinzubekommen, vor allem, weil ich immer annahm, nur durch Leistung „wert" und überhaupt was „zu sein".

Ich lernte 1996 einen Mann kennen mit 22 Jahren und wusste, dass dieser Mann der Vater meiner Kinder war. Er kam aus Ghana und als ich ihm das erste Mal in seine Augen schaute, wusste ich, ´er´ ist es - auch, wenn wir uns gar nicht kannten… Ich wurde schnell schwanger, was für ein Entsetzen sorgte, nicht nur, weil ich mittlerweile studierte, sondern weil ich ja von einem „Schwarzen" schwanger war und dies war ja „der Hammer" – wie konnte ich nur!?

Ich habe die Hautfarbe allerdings nie als etwas Wichtiges gesehen, auch als Kind nicht. Für mich war klar, es ist nun der richtige Moment…warum auch immer und für mich sind Menschen alle gleich gewesen, egal welche Hautfarbe sie hatten. Ich fand „anders sein" einfach nur interessant und schön, mehr nicht.

Mein Gefühl für mich selber war massiv durch den Missbrauch gestört, trotzdem hatte ich immer mal wieder emotionale, irgendwie „wissende" Impulse, die ich wahrnahm und die ich ernst genommen habe.

Für mich waren und sind bis heute alle Menschen gleich – ich empfinde Vielfalt immer noch als etwas Wunderschönes und Wichtiges.

Mein erstes Kind bekam ich dann 1997 mit 23, meine zweite Tochter im Jahre 1999 mit 25 und meinen Sohn im Jahre 2000 mit 27 Jahren – und es war für mich einfach das Wunderschönste der Welt, schwanger zu sein, Leben zu geben und zu fühlen und diese kleinen Geschöpfe in meinen Arm zu halten. Was Schöneres gab es für mich nie… meine Kinder sind das Beste in meinem Leben – damals und heute!

Wenn auch die Verantwortung Kinder zu „wollen“ – was ich nie bereut habe, egal wie schwer es war oder wurde - so viel größer ist, als der Wunsch selbst, Kinder zu „haben“ ;-)

Allerdings habe ich dann leider mit 27 - und in der Schwangerschaft - wider meiner Gefühle gehandelt, mich überzeugen lassen, dass eine Sterilisation ja nun nach drei Kindern gut wäre – schließlich reichen drei Kinder und wie viele wollte ich den noch bekommen!?

Also wurde bei dem dritten Kaiserschnitt (ich hatte/habe keine Gefühle im Unterleib durch den langen Missbrauch und hatte auch demzufolge keine richtigen Wehen) - nach der Herausnahme des Kindes - im Jahre 2000 eine Sterilisation durchgeführt, ich war gerade 27 Jahre alt geworden. Dabei fühlte ich schon, dass es verkehrt ist und ich habe geweint, was allerdings niemand mitbekam und ich war in diesem Moment leider auch ohne Worte...

Bis heute denke ich, dass ich damals viel zu jung war, dies zu entscheiden und diese Sterilisation auch in keinster Weise für den weiblichen Zyklus gesund ist, schon in Bezug auf die Jahre, die eine Frau „normalerweise“ noch fruchtbar ist – eine Trauer diesbezüglich blieb.

Abgesehen davon, dass ich mit fast 28 festgestellt habe, dass ich lesbisch bin und sowieso nie wieder mit einem Mann geschlafen habe, war die Sterilisation nicht nur unnötig, sondern auch gesundheitlich in keinster Weise ratsam gewesen für mich.

Hätten die Ärzte damals nicht nur danach gesehen, dass ich mit 27 schon dreifache Mutter bin, sondern auch nach meiner Lebensgeschichte gefragt und wäre damals die Aufklärung bzw. die Folgestörungen eines Missbrauchs bekannter gewesen, hätten die vermutlich von einer Sterilisation abgeraten, bei einer ganzheitlichen Betrachtungsweise…dies gab es aber leider nicht.

Noch lange danach habe ich es bereut, diesen Schritt getan zu haben, zumal ich - rein theoretisch – noch über 10 Jahre lang Zeit gehabt hätte, noch einmal ggf. Mutter zu werden. Und mit Ende 20 fühlte ich mich definitiv anders als mit Mitte/Ende dreißig und ich bin fest davon überzeugt, dass eine Sterilisation bei einer Frau weitreichendere Konsequenzen hat, als es bekannt ist, vor allen in so jungen Jahren. Der Wunsch, Mutter zu sein bzw. zu werden und dies ggf. auch mit mehr als nur ein oder zwei Kindern, wird leider in unserer Zeit weder als „gut“ noch als „sozial“ angesehen, sondern man wird oft als asozial abgestuft, vor allem, wenn man eine binationale Beziehung hat/hatte und mehr als zwei Kinder hat. Sehr oft wurde ich mit diesen Vorurteilen konfrontiert, was ich schade finde.

Zum Frau-sein gehört für mich auch der Wunsch nach Kindern – oder auch nicht Kindern -, eine mögliche Schwangerschaft genießen zu können und dies auch als „fraulich“ erleben zu können – und damit in Begegnung zu kommen, was alles auf natürlichem Wege möglich ist. Auch das Stillen, welches der schönste Weg ist, sein Kind zu nähren, wird oft negativ angesehen.

Als ich meine Kinder gestillt habe, wurde gerade und speziell auch von meiner Familie dies „komisch“ betrachtet – es gibt doch Flaschennahrung!

Dies war wieder ein Grund, mich von meiner Familie zu distanzieren – emotional war für mich einfach klar, dass ich meine Kinder stille und diese auch mit viel Liebe und Verständnis erziehe. Das dies sehr schwer wird, konnte ich damals noch nicht so sehen…aber je älter meine Kinder wurden, desto mehr hatte ich das Gefühl, ich muss die negative Konditionierung meiner Kindheit abstreifen und mich neu erfinden. Also erinnerte ich mich daran, wie in den USA die Kids erzogen wurden, las viel und erfand quasi für und mit meinen Kindern „unsere“ eigene Erziehungsmethode und zwar so, dass es uns alle damit gut ging. Die Kinder waren für mich gleichgestellt… mit allen Rechten, die ein Mensch innehaben kann, vor allem ein kleiner.

Nach der Sterilisation wurden meine Schmerzen während der Periode schlimmer, ich hatte das Gefühl, meine Blutung an sich veränderte sich, wurde langsamer, dunkler und irgendwie auch schwieriger, bis es immer weniger wurde - aber mit immer stärker werdenden Schmerzen. Ich ging natürlich damit zum Frauenarzt, diagnoselos verließ ich ihn wieder und fühlte mich immer mehr wie ein Hypochonder. Ich wechselte den Arzt und endlich war der neue Arzt meiner Meinung – Sterilisation ist nicht gut für Frauen, weil der Kreislauf dadurch erheblich gestört wird und ist und die meisten Frauen damit erhebliche Probleme haben – aber da kaum von gesprochen wird. Ein Tabu Thema!

Das erste Mal in meinem Leben aber fühlte ich mich als Frau gesehen, trotz aller Einschränkung - ein immenses Gefühl! Auch für mich ganz tief in mir drin… ich fühlte mich sehr berührt. Und das erste Mal hatte ich den Gedanken, was bedeutet es eigentlich, Frau zu sein!?

Auch begann ich zu schauen, dass es nicht nur den Kindern guttut, mit natürlichen Mitteln behandelt zu werden, sondern mir auch. Von da ab entsagte ich der klassischen Schulmedizin so gut es ging, wendete mich an natürliche Heilmittel und merkte bald, dass es echt guttat, einfach mal ´natürlich´ zu handeln.

Die Schmerzen wurden monatlich immer schlimmer, meine Folgestörungen insgesamt auch, was Auswirkungen auf mein gesamtes Leben hatte.

Mittlerweile hatten meine Mädchen ihre Periode und wenn eine sie zum ersten Mal bekam, haben wir das „unter uns zwei“ gefeiert – wir sind Essen gegangen und haben ganz offen darüber gesprochen, was es nun bedeutet und dass es viel mehr ist als „nur zu bluten“! Auch Hütchen wurden nun ausprobiert und als für viel besser empfunden, als die herkömmlichen Hygieneartikel.

Ich finde diese Entwicklung meiner Mädchen – und auch die meines Sohnes – als einfach wunderbar und es hat sich gelohnt, „uns“ quasi neu zu erfinden und familiäre Kreisläufe zu durchbrechen.

Dadurch habe ich wunderbare junge Erwachsene hier, die ihren Weg gehen werden, sich und ihrem Körper annehmen und auch alternative Dinge akzeptieren, wenn sie ihnen guttun.

Im Jahre 2014 war ich zur Reha, das erste Mal hatte ich seit Jahren nur einfach Ruhe – und mein Unterleib explodierte förmlich vor Schmerzen und ich konnte dies selbst mit starkem Schmerzmittel nicht mindern. Wieder zu Hause war mir klar, dass dies nun nicht mehr so weiter geht und ich habe meiner Frauenärztin dann gesagt, dass nun was passieren muss und ich in die Klinik möchte, um dies nun einmal genau abzuklären, weil es so nicht weiter gehen kann. In der Klinik stellte man feste, dass ich wohl Endometriose habe und daher die Schmerzen kommen würden.

Da ich einfach nicht mehr konnte nach über 20 Jahren Schmerzen, entschied ich mich für die Operation zur Entnahme der Gebärmutter, des Gebärmutterhalses und der Eileiter. Ich wollte frau sein – aber nicht mit diesen Schmerzen, die mittlerweile so stark mein Leben einschränkten.

Nach der OP fühlte ich mich das erste Mal in meinem Leben einigermaßen schmerzlos und selbst die Tabletten nach der OP zur Nachsorge nahm ich nicht – diese Schmerzen waren kein Vergleich zu den, mit denen ich nun jahrzehntelang gelebt hatte.

Ich hatte etwas Angst davor, „keine“ Frau mehr zu sein nach dieser OP – ich hörte davon oft bei anderen betroffenen Frauen - aber dieses Gefühl bestätigte sich bei mir nicht. Ganz im Gegenteil, das Gefühl zu mir verstärkte sich noch, da ich nun diese starken Schmerzen nicht mehr hatte und ich „mich“ nun mehr fühlen konnte.

Das einzige, was sich änderte, das war das Gefühl beim Orgasmus. Es ist nun mehr vaginal als „aus dem Inneren“ heraus, was erst komisch und neu war und trotz allem „erleichtert sein“, eine Traurigkeit hinterließ…

Aber ohne Schmerzen zu sein war für mich einfach so entscheidet, dass ich damit nun leben muss. Und dies ermöglichte mir nun immer mehr, Frau zu sein, mich darauf konzentrieren zu können, wie es mir geht, was ich bin und was ich als „Frau“ eigentlich so „er-lebe“.

Ebenfalls achtete ich nun genau darauf, zu welchem Arzt ich gehe und sobald ich merkte, ich werde nicht ernst genommen, gehe ich da nicht mehr hin.

Auf den Körper zu achten bzw. dies zu erlernen, wenn man es als Kind nicht hatte, ist schwer, aber machbar.

Gleichzeitig habe ich das Gefühl, dass dies ein Prozess ist, der lebenslang bestehen bleibt und immer tiefer wird, facettenreicher ist, je mehr man sich dafür öffnet und sich selbst vertraut – und seiner Wahrnehmung!

Lebensschatten

Ich habe keine Angst, vor den Schatten des Lebens - dafür habe ich zu viele schon erlebt, durchlebt, überlebt. Ich habe auch keine Angst vor den Konsequenzen - auch davon kenne ich schon zahlreiche und lebe damit, jeden Tag.

Ich habe Angst davor, die Kontrolle zu verlieren, nicht mehr zu wissen, was „mache ich hier" gerade - oder zu was werde ich genötigt, mache es einfach, weil es mich an alte Normen und Werte und Manipulationen erinnert, die mich erstarren, erfrieren, mein ´ich ´ (aus-) blenden lassen, dann nur noch eine Art „funktionieren" besteht und zu gelassen wird…automatisch und unbewusst.

Aufgrund dessen, dass ich das schon mal genau so erlebt habe, weiß ich, wie sich das anfühlt… ausgeschaltet durch die Ur-Sehnsucht, sich geliebt zu fühlen, angenommen, gesehen und akzeptiert, war meine erste Priorität - meine Kinder - schon mal etwas „verschoben" (!?); ich weiß nicht genau, ob das das richtige Wort ist… in einigen Situationen war das geliebt werden einfach wichtig, genauso wichtig wie meine Kinder, aber nicht wichtiger. Niemals. Obwohl es oft für mich schwierig war, das unter zu bringen, emotional.

Es gab Situationen, in denen ließ ich mich verunsichern, handelte dann nach den Angaben von anderen, um dann irgendwann zu merken, das bin nicht ich - ich überdachte Situationen mehrmals, immer wieder und hinterfragte das, was ich getan habe, tu… und schmieß alles oftmals wieder um, um mich emotional sicher und sicherer zu finden, vor allem in der Umgehens weise mit und zu meinen Kindern.

Aufgrund dessen, dass ich niemals gelernt habe, meiner Wahrnehmung Vertrauen zu können, vertraute ich weder ihr noch mir und versuchte, zu leben ohne Gefühl dazu, nur mit einer Art Abstand nehmen von früheren Manipulationen, Erziehungserlebnissen und auch einer Art immer noch bestehender Fremdkontrolle sowie dem, was ich bei anderen erlebt hatte und erlebte - daraus ergab sich meine Meinung und eine völlig andere Sichtweise auf das, was ich erlebt habe und wie ich ganz bewusst - mit meinen Kindern umgehen wollte, will und auch dann umgegangen bin. Vor allem mein Auslandsjahr in Amerika hat mich sehr geprägt.

Ich habe Angst davor, unbewusst etwas zu machen, was meinen Kindern schadet und/oder verletzt.

Alte Verhaltensweisen überholen mich oftmals aus der Vergangenheit ins jetzt und lassen mich ein schlechtes Gewissen bekommen, weil es mal war, wie es war. Ich auch von dem Gefühl „geliebt zu werden" geblendet war… so sehr aufgehend in dem Gefühl, Liebe zu fühlen, nur mal ganz alleine für mich…

Aus den alten Kreisläufen heraus zu kommen, immer mit unterstützenden „Spiegel-Weggefährten" zwischendurch, war das Schlimmste, was mir passiert ist! Und auch das positivste, was mir je passiert ist! Aber das sehe ich erst jetzt so… mitten drin oder kurz danach fühlt es sich nur an wie ein großes Erdbeben, was alles und jeden in „mir" völligst erschüttert, umbringt und auseinander reißt - in jeder Beziehung: emotional, psychisch und manchmal auch finanziell.

Zu sehen, was tatsächlich „ist" und passiert und nicht zu ändern ist, ist oftmals nicht wohltuend und verändert das ganze Leben - in jeder Hinsicht!

„STUMM SEIN IST KEINE OPTION“

Heimweh

…ganz selten habe ich Heimweh - nach meiner Oma und meinem Opa, meinem Bruder, der mir immer wichtig war -
nach meiner Geburtsstadt, die ich vermisse, Straßenbahn fahren und bekannte Orte fühlen, sich irgendwie und immer noch zu Hause fühlen.

Menschen treffen aus einem früheren Leben, vielleicht Erinnerungen auffrischen und aufleben lassen, vielleicht auch weinen, vielleicht auch lachen…

Egal, was passiert ist - und wie schlimm das war - trotzdem ist das Gefühl von Heimat immer noch da, in Dortmund, wo ich geboren bin, mein zu Hause war - vor allem bei Oma und Opa.

Auch wenn ich nun hier zu Hause bin, mich hier wohl fühle - hier gerne wohne und gerne bin - ist es trotzdem so, dass ich zu weilen Heimweh habe.

Heimweh nach Gefühlsmomenten und Erinnerungsmomenten, die glücklich waren, in mir noch etwas Wohlwollen hervorrufen, manchmal auch mit etwas Wehmut gemischt - ich mich wiedersehe als Kind, mitten unter denen, die mich heute nicht mehr sehen, nicht vermissen, nie da sind.

Dieser Funke glüht manchmal, dieser Funke, der irgendwie nie erlischt und alters unabhängig ist und - das weiß ich wohl - völlig paradox zu meinem Leben ist.

Heimweh nach „Familie“, die doch nicht ist, aber das damals irgendwie für mich war. Heimweh nach einer Geborgenheit, die zwar falsch war, aber mir doch irgendwas gab…und mir nun sehr selten Sehnsucht schenkt…zu einer unnormalen Bindung, die trotz allem irgendwie entstand.

Heimweh nach den Straßen, wo ich gespielt habe, Freunde hatte, zur Schule ging und bei meinen Großeltern zu Hause war.

Dieses Gefühl von Vermissen und Heimweh kommt plötzlich und manchmal wie ein Stich, völlig egal, was gerade ist.

Dieses Heimweh ist ein Gefühl, was einem Heim entspringt, was nicht der Realität entspricht, weil es ein falsches Gefühl von Heimat und einer Bindung ist, die leider trotz schlechter Erlebnisse in mir ist.

im Bug

ich strecke die Arme in die Luft und spüre den Wind in meinen Haaren,

auf meinem Körper und fühle es nur halb, nicht so wie sonst…irgendetwas ist anders

ich spüre mich einfach nicht mehr so,

nicht mehr wie ich,

trotzdem versuche ich zu atmen,

schwerelos zu sein,

vorne im Bug des Schiffes!

ganz ich und völlig frei zu sein

ich schließe die Augen

der Bug klatscht auf das Wasser und wird von der nächsten Welle wieder hoch hinaufgetragen

und ich mit ihr!

hoch in der Luft schwebend,

versuche ich zu atmen,

die Gischt peitscht mir ins Gesicht,

es ist noch nicht stark genug -

ich brauche mehr Gegengewicht für dieses Gewicht in mir, auf mir, in mir…

ich ertrage es nicht!

bitte Welle

verschlinge mich und lass mich mich wieder spüren

wie es ist zu leben

wild und frei und ungezügelt zu sein

und sich selbst zu fühlen, zu tragen, sein eigen zu sein…

ich verstehe manchmal nicht

wie man sein Kind nicht lieben kann

nicht für es sorgen,

schützen will - dieser normale Instinkt so gestört ist,

dass nur das eigene Wohlwollen zählt…

Vernachlässigung einzieht, es egal ist, wo das Kind ist und wie es ihm geht.

Ich verstehe manchmal nicht,

was so schlimm an einem Kind ist, welches Liebe braucht, Nähe, Verständnis und das Wissen, geliebt zu werden… und so klein ist, dass es nicht ohne Schutz und Liebe leben kann… und wenn man es sieht, warum man dann nicht einen Strich zieht, das Kind abgibt, ihm eine Chance auf ein besseres Leben gibt…

ich verstehe nicht, wie man seine Augen verschließen kann, nicht sehen will, was passiert und was ist - das das Leben so gestört wird, das Kind sich verändert und die Zeit verrinnt, bis keine Liebe mehr diese Zeit bestimmt, es nur noch ein Aushalten gibt und das Kind nur noch an das Überleben denkt, weg sein wollen. Es keine Erziehung gibt, sondern Hiebe und Missbrauch, ein „parieren“ garantiert, Folgsamkeit so manipulativ anerzogen wird, das schon über ein Konditionieren geht… Es aufgrund dessen keine Entwicklung im Kind ging, dies nur schnell wachsen will, um auszuziehen, einfach weg will… und in dem Kind aber alles stillsteht, vor lauter Angst und Wachsamkeit über all die Jahre so vieles nicht entstehen oder wachsen kann…

Ich verstehe manchmal nicht, wie so was geschehen kann…

„STUMM SEIN IST KEINE OPTION“

poisoned

the first time I gave you my hand,

under the eyes of my dear mother,

I felt it on my skin immediately,

the poison of your soul hit me hard

no more was my little life so shaken up

than at that first time,

your poison hit me on my soft skin,

went inside like an infusion

run through me quickly

all over and inside my body…

time passed by and I felt

more and more infected

by your malice to destroy my inner self, my life -

getting the power over me

more and more

take me anytime you wanted to!

Just being the master of my life

anytime, wherever you are -

no more power over me,

I swore when I grew older!

But despite age, distance, time…

unfortunately, you are still there:

in my dreams

in my veins -

your poison still remains!

SchlagWörter

Lange Zeit gab es keine Benennung von Fakten, die in meiner Kindheit an der Tagesordnung waren.
Vor lauter Sehnsucht nach Liebe, Aufmerksamkeit erhaschen, von Menschen, die mir wichtig wurden oder auch mal nicht - ich wollte gesehen, anerkannt werden...und etwas Liebe hätte ich gerne erfahren, einfach nur so, ohne, dafür was leisten oder jemand sein zu müssen...

Auch in den frühen erwachsenen Jahren gab es keine Namen für Taten, die irgendwie vergessen waren.

Vieles fühlte sich nur komisch an, ich zweifelte an mir, an meinen Fertigkeiten und Fähigkeiten, kam bei mir nie an. Lief mir selber hinter her, überholte mich fast selbst - fühlte mich jedoch nicht, begrub mich in der Zeit unbewusst einfach selbst. Nichts zu spüren, kaum zu leben, nur zu funktionieren bestimmte mein Leben. Ich musste es schaffen, mich gut zu fühlen, was zu erreichen, um mich selber nicht zu hassen. Anerkannt zu werden von anderen, etwas zu hinterlassen und nicht in einem Abgrund zu leben, wirklich was zu schaffen - zu zeigen, dass ich kein Versager bin...zu fühlen, dass ich keiner bin... und diesen Hauch von Abscheu wegkriegen, mich ungewollt und widerwillig zu betrachten und mich selber dafür so sehr zu verachten. Ich bin nichts, fühle nichts, bin es nicht wert... hart erlernte Konditionierungen, kombiniert mit viel Angst, Hass und Schmerz.

Mit Mitte dreißig schoben sich Bilder vor mein inneres Auge, in meine emotionale Welt...gruben sich ein, entstellten meine Welt...
und wieder gab es keine Namen für Taten, die mir so unwahrscheinlich vorkamen. Mir bestimmt nie passiert waren - nur meiner abscheulichen Phantasie entsprangen, die mich noch mehr an mir zweifeln ließen...wie böse

und schäbig müsste ich sein, um auf so welche Gedanken zu kommen, die mich auch in meinen Träumen kämpfen ließen...mich seit dem nie wieder verließen und mich irgendwann in Angst vor neuen Erinnerungen und Gedanken daran auch im Alltag nicht mehr verstießen.

Die Folge von diesen Erinnerungen, die mich auch im Alltag plötzlich festhielten, waren sichtbare Symptome auf meiner Haut, die ich versuchte zu verdecken, weiter normal zu wirken, einer von vielen zu sein...
Es gelang mir, weiter zu machen, die stärker werdenden und entzündeten Stellen auf meiner Haut zu kaschieren, zu verdecken und mich weiter aufrecht zu erhalten, wobei mich diese Schwäche immer wieder einholte, so ermüdete...und oftmals während des Tages bereits hinstreckte, mich komatös kurz schlafen ließ, mich seitdem aber nie weder verließ und mein Wegbegleiter wurde, auch heute noch neben mir steht, mir oft das Atmen nimmt, mich immer wieder runter zieht und mir zeigt, du bist nicht mehr allein, ich zeige dir, wenn es Zeit ist zu pausieren...ich halte es für dich ein!

Es fühlte sich so aussichtslos an, Ärzte sahen nicht, was mich betrifft und auch Wörter meinerseits, gab es dafür nicht. Ich sah und fühlte nichts, war in dem „ich muss funktionieren" Modus gefangen, weil ich funktionieren musste, für diese kleinen Menschen bei mir, die mir so kostbar waren, mir mehr als alles andere bedeuten und mir die Verantwortung gaben, für sie da sein zu müssen. Körperliche Symptome nahmen zu, mein Körper ebenso - und alles was ich hörte war, sie müssen wirklich abnehmen! Dann geht es ihnen wieder besser... und ich nahm weiter zu, bekam Antibiotika und weiter Cortison verschrieben, weil mich Infektionen nicht mehr verließen, immer wieder kamen und mein Leben mehr beeinträchtigten, vor allem im HNO Bereich konstant und hartnäckig waren.

Medikamente zu nehmen, wurde normal - weiter wurde auch seitens der Ärzte nie gefragt - was könnte wohl hinter all dem liegen?
Es ist egal, wir sind auf funktionieren ausgelegt und sollten dies auch und wenn es nicht mehr läuft, holen dich die Medis schon wieder raus!

Symptome wurden betäubt, die Ursache nicht gesehen. Auch von mir nicht. Niemals hätte ich gedacht, dass es für „komische Sachen“ in meinem Leben Namen gibt, die aus der Psychologie kommen und Symptome erklären, die niemand braucht zum Leben...

Mein Körper rebellierte immer mehr, ich wurde krank - konnte nicht mehr und das Leben forderte wieder mehr...
ich schaffte die Arbeit, der Haushalt blieb oft liegen...privat lief nichts mehr: Besuch zu empfangen ist ein Gräuel geworden, weil ich nicht mehr privat funktionieren konnte, konnte den normalen Ansprüchen nicht mehr genügen...auch mir nicht mehr. Irgendwie hielt ich mich aufrecht, wusste nicht, was eigentlich los ist mit mir.

Irgendwann dann kam der Super-GAU, der sich so abgezeichnet hat und mein Kopf explodierte, nichts ging mehr, keine Telefonate, keine E-Mails, keine Bücher mehr - Gespräche wurden zur Qual, meine Konzentration war dahin und jedes Bemühen um etwas Normalität entschwand.
Ich war verschluckt worden und musste mir eingestehen, es ging nicht mehr, ICH K A N N einfach nicht mehr...dies zu erkennen, war die Hölle für mich, nun da es irgendwie lief, lief es einfach nicht und ich stand vor meinem Leben - und stand vor nichts. Alles verfiel, verfiel in nichts und ich stand wieder da und fühlte nichts, außer versagt zu haben. Ein Loser war ich.

Das ich krank war, sah ich nicht, konnte ich auch nicht, alles was ich sah, waren meine Bemühungen, Leben zu „machen“ - und dies konnte ich nun nicht.

Ich wurde krankgeschrieben, beantragte Erwerbsminderungsrente, ohne wirklich zu wissen, was dies ist und bedeutet - es interessierte mich nicht. Ich merkte für mich, Leben wurde unwirklich für mich und eine Flut an Traurigkeit und Hoffnungslosigkeit umspült mich.

Ich verlor meine Arbeit, die mir immer so wichtig war - mir zeigte, wer ich war und ich zermürbte mich, warum dies alles so geschah...

Die Gewissheit, nicht mehr zu können, war schlimm für mich - es ging nicht um wollen, es ging um ein „tot“ sein, vor allem innerlich. Ich fühlte nichts mehr, war wie in einer Blase und hielt mich ein Minimum hoch, um die Verantwortung für meine Kinder zu tragen, dort nicht auch noch komplett zu versagen. Diese Zeit war so wahnsinnig schwer für mich...jeden Tag zu wissen, ein komplettes Aufgeben gibt es nicht, für sie da zu sein, war das Ziel, was anderes gab es nicht...und wenn diese Gedanken kamen, einfach komplett aufzugeben, hielt mich die Verantwortung weiter irgendwie am Leben. Wie ein Stock im Rücken hielt sie mich aufrecht, rettete mein Leben, hielt mich aufrecht, ließ mich stehen.

Ich konnte bald diese ganzen körperlichen und psychischen Symptome nicht mehr aufhalten und selbst „laufen“, „atmen“, „sein“ fiel so immens schwer: Diagnosen, die mich kopfschüttelnd stehen ließen, beeinträchtigten mein Leben und immer noch, erkannte ich mich nicht.

Auch SchlagWörter kamen nicht an mich heran, alles wurde noch verdrängt, kam an mich nicht dran.

Ich war gefangen, in diesem Kreislauf aus Krankheiten, Schmerzen und dem ganzen „stand-halten“, am Leben zu sein. Und dann wurde es benannt, eine Posttraumatische Belastungsstörung bestimmte mein Leben, mannigfache Symptome zahlreich vertreten, bekam das Kind nun endlich einen Namen.

Auch das was mir als Kind passierte, wurde nun als mannigfacher Missbrauch bezeichnet,
was mich immer noch erstaunte, irgendwie ging es mich noch nichts an. Ich wusste, was da war, war nicht gut...aber das SchlagWort sexueller Missbrauch klang doch echt hart....

Je mehr Zeit verrann, desto mehr fühlte ich, wie scheiße das alles ist, es kamen Sachen dazu, einiges veränderte sich... eine Depression begleitete mich, eine Schmerzstörung kam hinzu und schon waren die SchlagWörter greifbar für mich...diese Kinder der Gegenwart bekamen weiter Namen, waren nicht nur greifbar für andere, sondern auch ganz langsam für mich. Ich versuchte mich daran zu gewöhnen, dass dies ein Teil von mir ist - auch wenn ich oft von anderen hörte, „du musst nur wollen“...doch das änderte nichts, um „wollen wollen“, ging es nicht mehr. Am Leben zu bleiben war der Wert, doch das sahen alle nicht. Ich fühlte es, doch spürte es nicht in mir, weil ich mich „tot“ fühlte und nichts mehr wert....

Stillstand.
Nur Atmen.
Ein wenig sehen, in mir, außerhalb von mir...
und fühlen!
Und in dem Stillstand, kam EntWicklung...ganz langsam

sehen

fühlen

be-greifen

und Gefühle bekamen Namen,

Wörter, Begriffe

gaben Realitäten

Wahrheiten,
Ein S E I N,
Ein I S T entstand
entsteht...

Die Zeit verrinn, neue Namen kamen hinzu, alles veränderte sich... ich versuchte, weiter zu machen, Leben zu Leben...und ganz langsam veränderte sich das Leben für mich. Ich begann mich zu fühlen...ganz langsam...fand ein „ich", was Dinge benennen konnte, die Erlebnisse bekamen Namen. SchlagWörter waren plötzlich mit Bedeutung für mich! Gefühle bekamen Namen, Symptome und Anzeichen noch mehr Diagnosen... Entwicklung trotz Stillstand entfaltete sich, langsam, ich begriff...
alles musste so sein, so kommen wie es ist
weil alles kaputt gehen muss, um neu zu entstehen, besser zu werden -

SchlagWörter wahrheitsgemäß aussagen und benennen, was so lange nicht wahr war und einfach nur ist. SchlagWörter wie Gewalt, Vernachlässigung, Missbrauch bekamen einen Platz in meiner Biografie...in meinem Leben.

UND nur mit dieser Akzeptanz, lerne ich (zu) Leben.

Nackt

liege ich in der Duschkabine

eingerollt

ich spüre mich nicht

der Boden unter mir ist eiseskalt

ich will eiseskalt sein

vielleicht werde ich dann wieder

ich

ich spüre diese Kälte nicht

Wärme tötet mich

ich bin nie ich

nackt und unrein und irgendwie alles

alles ist nichts

liege ich am Boden

nichts hält mich

bedingungslos

verliere ich

mich

haltlos werde ich

spüre mich nicht

drifte weg

im Nebel

körperlos

schwerelos

lebens-los

sinnlos

spüre ich nichts

nackt und kalt

irgendwie innerlich tot

Wenn Worte Sprache verlieren, hilft Farbe!

Seitdem diese ganzen Erinnerungen kommen,
da sind,
mich einfrieren lassen -
mich Dinge sehen lassen,
die sich grausam anfühlen
und
mir die Sprache nehmen
und
mich kalt werden lassen…

finde ich keine Worte mehr,
die Zusammenhänge bilden
und
einen Satz formulieren
oder auch nur
ein Wort erfassen…

Seitdem meine Wahrnehmung richtig ist,
sterben Worte und Gedanken,
werden bedeutungslos
und
zusammenhanglos,
habe ich Gedankenhemmung,
Synapsenverbot…

Seitdem die Erinnerung da ist,
habe ich Sprachverbot…
und mein Kopf schmerzt,
steht im absoluten Halteverbot!

Durch Zufall ergriff ich Farbe
und Leinwand
und vermischte alles,
mit meinen Händen, mit Pinsel
und anderen Dingen
und mein Kopf erhielt - endlich - frei!

Ich mischte,
brachte Farbe auf Papier,
egal was entstand,
es half mir,
mich zu befreien,
den Schmerz zu überwinden
und
die Stummheit zu verlieren,
Gedanken hatten frei…

Ich brachte Farbe auf Papier und Leinwand
und
die Farbe gab mir Ruhe, Gelassenheit, Frieden…

alles Dinge, die ich sonst beim Schreiben empfand!

Ein Ventil,
wenn das Denken gehemmt ist
und
Synapsen im Halteverbot sind
und
der Kopf erfriert...

wenn meine Worte Sprache verliert, hilft Farbe!

„STUMM SEIN IST KEINE OPTION“

Zusammenbruch CONTRA Lebensfreude

Es ist seltsam,

dass man in die Fremde gehen muss,

um sich wieder zu Hause fühlen zu können…

Leben fühlen zu können,

in mir.

So lange habe ich mich tot gefühlt,

innerlich leer und emotionslos…

ohne Sinn einem Tagesablauf getätigt,

weil es so gefordert wurde,

Normalität irgendwie vermittelt

und mich irgendwie aufrechterhalten hat,

weil es so sein musste…

Beeinträchtigt Leben

leben ist nicht leicht,

Gesellschaftlichkeit verloren und ausgegrenzt,

durch die eigene Unfähigkeit

Stress, ein steiniges Leben und vergangene, traumatische Ereignisse in einen Werdegang zu integrieren…

symptomatische Äußerungen in allen und zu allen Lebenslagen

körperlich und psychisch ausgetragen

und verdammt dazu,

alles zusammen zu brechen: zu fühlen, zu sehen und zu erleben

allein mit dem Ziel

einem Super Gau zu erlegen!

Atemlos und voller innerer Verzweiflung,

aufrecht gehalten von drei wunderbaren, fröhlichen Kindern,

die mir das Gefühl gaben,

durch sie einen Wert zu erfahren,

der mich Stolz auf sie machte

und mir den Stab in den Rücken rammte,

um mich gerade und am Leben zu erhalten….

Verdanke ich ihnen mein Leben

und war weiter da für sie,

demzufolge auch irgendwie weiter für mich…

folgte dann irgendwann dem Wunsch,

einfach mal weg zu fahren…

Plötzlich erlangte Lebensfreude

durchbrach die innere Enthaltsamkeit auf Leben…

und plötzlich fühlte ich es:

die Lust und die Freude zu leben!

SCHULD und SCHAM

ich kann es niemanden erzählen,
sieht man es mir an?

ich fühle mich so dreckig, so schrecklich…

es erdrückt mich vor lauter Angst,
vor lauter Schuld und Scham -
und ich muss daran schuld sein…
warum fängt er sonst so etwas mit mir an?

Was habe ich getan, dass ich so bin,
wie ich bin und er das mit mir macht,
was er macht?

ich schäme mich so, weiß doch nicht, was passiert…
hier, jetzt, mit mir und was er da macht!

Ich fühle mich fremd in mir,
vor allem, wenn er mich berührt,
mein Körper reagiert!
Dieser Verräter, warum tut er mir das an,
ich will diesen Körper nicht,
der mich so wahnsinnig im Stich lässt,
mich verrät
als ob mir das gefällt! ich das will,
ertragen kann!

ich will nicht berührt werden,
egal von wem und erst recht nicht von ihm.
Und so!
Seinen Händen, die so eklig sind,...
so zärtlich mir Empfindungen geben,
mit denen ich nichts anfangen kann...

diese Augen... die mich ausziehen,
ohne mich zu berühren,
mich voller Schuld und Irritationen schamhaft erröten lassen...
sein Atem, der mir in den Nacken haucht, wie er in dem Moment empfindet...
ich will weg, kann aber nicht,
auch diesmal lässt mein Körper mich im Stich,
ich fliehe aus mir...
sehe mich da unten liegen,
wie ich benutzt werde, dreckig werde, bin,
starr bin vor lauter Angst,
mich nicht bewegen, reden kann...

ich sehe mich an
verstehe das alles nicht...

Ich habe solche Angst, vor dem Tag,
vor dem zu Bett gehen, vor der Nacht -
ich habe Angst, alleine zu sein mit ihm
und er dann Dinge macht, die man nicht macht,
die ich nicht mag - egal ob Tag oder Nacht -
mich so schuldig machen

voller Scham und Starre und Angst
genauso entdeckt zu werden,
mit der Hoffnung
endlich doch genau so gesehen zu werden!
Hilfe zu bekommen, frei zu sein,
irgendwie nicht mehr so voller Angst, Schuld und Scham zu sein,
die mich so erdrückt
mein ich erstickt
mein Leben nimmt
und mich in Schuld und Scham,
so tief für immer,
wortlos ertrinkt!

„STUMM SEIN IST KEINE OPTION“

stumme schreie

an manchen tagen redet mein körper
lauter als gewollt
schmerzvoller als gedacht
einen aufschrei gleich
werden symptome hinausgeschmissen
die mich zusammenzucken
stumm werden lassen
mir das gefühl geben
einfach alles so zu lassen
und mich tief in meine decke
und den kissen meines bettes zu vergraben
wäre das einzige
was etwas für ruhe sorgt
die körperstimmen vielleicht wieder verstummen lassen
für eine lange zeit
die zeitlos ist
bis es wieder einmal so weit ist
die vergessenheit früchte trägt
und stumme schreie dafür sorgen
dass es doch keine vergesslichkeit gibt
stumme schreie
die mein körper erinnnert
nicht geschrien zu haben
vor lauter schmerzen
die mir zugefügt wurden
rebellion im eigenen körper ausgetragen
verpuppt in vielen diagnosereichen ereignissen

„STUMM SEIN IST KEINE OPTION“

die das leben so erschweren
behindert machen
für viele unerkannt sein lassen
mit vorgehaltener hand vielleicht tuscheln lassen
dass sie ja nur wollen
abnehmen müsse
und sich dem leben zu stellen
erfolgreich sein würde
dabei jedoch vergessen wird
das ich erinnere
ich
der körper
nicht ich
der mensch an sich
den kopf hoch über die schultern tragen
alles zu ertragen
stumme schreie dabei auszustoßen
die immer ungehört blieben
sich nun ausdruck verschaffen
frei zu sein
mich als mensch lahmlegen
eingeschränkt liegen lassen
darauf warten
dass es vorbei geht
mein körper wieder stumm schreit
und zeitlos die schmerzen etwas leichter werden
um wieder etwas leben zu zu lassen
und stumme schreie für eine weile
stummer werden lassen

„STUMM SEIN IST KEINE OPTION“

„STUMM SEIN IST KEINE OPTION“

WUT

Sehr selten habe ich WUT in mir, wenn ich hilflos und wütend bin und nicht weiß, warum und woher diese kommt…
Wenn ich Zeitrisse habe, mich nicht erinnern kann, wo ich z.B. was hingelegt habe oder ich gewisse Dinge nicht verstehen kann.
WUT
in mir, verstört mich sehr und ich könnte dann ausrasten, Dinge zerstören, die mir wichtig sind und fang aus Angst vor meiner eigenen Reaktion gar nichts an, weil ich dann so etwas wie Angst vor mir selber verspüre, was ich in dieser WUT alles machen kann...
und aus Angst davor, schließe ich die Augen, versuche, zur Ruhe zu kommen, gerate hinein in ein Gedankenkarussell und hinterfrage Sachen, die vielleicht für andere so normal sind, aber für mich Ausnahmen sind, mich nicht zur Ruhe kommen und so wütend werden lassen, das kein rationales Denken mehr übrig bleibt, ich mich beherrschen muss...
und ich lege mich dann oftmals am besten ins Bett, versuche mich dort ganz für mich zu beruhigen, wenn ich mich so entfernt fühle von der Welt, mir kalt wird vor lauter WUT über mich selbst, WUT über die Welt, die mich so sehr hat Kämpfen lassen, alleine und mich plötzlich sogar völlig verlassen fühle von mir selbst...
und dann kommen Fragen, die dieses Karussell anregen, warum dies oder das so passiert, passiert ist und ich immer wieder darum kämpfen muss, Existenzängste in welcher Form auch immer zu bewältigen und diese mit mir selber auszutragen...
oder ich anspringe auf ein Fünkchen Aufmerksamkeit von Menschen, die sich jahrelang nicht interessiert haben für mich, für meine Kinder...deren Aufgabe es gewesen wäre, da zu sein, aus z.B. der Verpflichtung heraus, Vater zu sein. Oder

Tante...oder Onkel, Opa, wie auch immer.
Ich verstehe dieses Interessenslosigkeit nicht, wo doch Liebe sein sollte.

Bedingungslos.
Zeitlos.
Bin ich die einzige, die so fühlt?
Ein Trottel, der sich mit Menschen immer noch verbunden fühlt, obwohl diese nicht da waren, weder geholfen noch Wegbegleiter waren, noch jemals spürbar waren?
UND dann fällt es mir wieder ein, dass selbst missbrauchte Kinder - so wie ich - eine Bindung entwickeln zu Menschen, die diese vielleicht gar nicht so verspüren, einfach Interessen.- und Gedankenlos, vielleicht einfach lieblos sind, obwohl sie vielleicht Vater sind, Mutter oder einfach vielleicht jemand, der irgendwie und irgendwann mal Anteil nahm...
Ich verstehe das nicht.
UND dann werde ich wütend auf mich, mich wieder eingelassen zu haben, ggf. aus der irrationalen Hoffnung heraus, das sich was gebessert hat - vielleicht doch etwas Gefühl für mich da ist, für meine Kinder...Interesse besteht?!
Suche nach Liebe... ist es immer noch das? Ich bin wütend auf dieses Gefühl, was mich anscheinend immer noch nicht verlassen hat - ich habe gedacht, ich habe es geschafft und schon springe ich an auf einen Vater, der sich plötzlich meldet - es aber in fünf Monaten nicht schafft, einfach mal her zu kommen, sich mit dem Kind und den Enkeln zu treffen, dabei ist es nur vier Stunden entfernt von dem Ort, wo alles mal begann...
Die Wut unterdrückt meine Tränen, meine Traurigkeit darüber, sich gerade jetzt ganz verloren zu fühlen und wieder einmal habe ich das Gefühl, ich muss stark sein, diesem Gefühl stand halten, daraus was zu lernen...wenigstens sehe ich nun, was ich fühle und auch bewusst, warum.
UND es tut weh, diese WUT auf mich, auf dieses Gefühl, verraten worden zu sein - jetzt, heute, immer wieder und vor allem damals...

...und endlich bei dem Schreiben dieser Zeilen fühle ich diese Machtlosigkeit über mich selber, mein ich...
es tut weh und ich spüre Tränen, die irgendwie da sind, weinen wollen und los-lassen wollen von dem Gefühl, so wütend auf mich selber zu sein, Zeit-Rissse zu haben, krank zu sein, nicht mehr so funktionieren zu können, wie es mal war und einzusehen, dass die Suche nach der ursprünglichen Liebe vielleicht was normales ist, dies auch mal einfach ausbricht aus mir....und aus dieser WUT wird TRAURIGKEIT, Hilflosigkeit, Gefühle zu spüren, die ich selten zu lasse, mich auch wütend machen, weil ich so vieles nicht verstehe, was doch fundamental wichtig ist, den Menschen ausmacht, mich.
Ich glaube, ich habe das Recht, wütend zu sein. Spüre es nur so selten, aber wenn ich mich verraten fühle, machtlos gegenüber dem eigenen selbst...dann muss ich mich schützen, Kontakte abbrechen, Nummern löschen, so weh es mir auch tut - Selbstschutz ist dann einfach wichtiger, als z.B. eine Kommunikation auf WhatsApp, die so zwischen Vater und Tochter nicht laufen sollte, nicht nach fast sechzehn Jahren Kontaktlosigkeit.
Und ich erinnere mich daran, was ich gelesen habe, das „man nicht alles verstehen muss“ und ich fange an, mich wieder mehr zu spüren und das, was von mir übrig ist nach diesem innerlichen Kampf um meiner selbst.
Ich versuche durchzuatmen, mich gerade hinzustellen, meinen Wert wieder zu fühlen und das Gefühl wieder zu bekommen, mich daran zu erinnern, dass ich vieles geschafft habe, ohne Hilfe und ohne jemanden darum zu bitten...meine drei Kinder das Beste sind - und ich immer noch lebe, völlig egal, wie ich manchmal dazu stehe.
Ich lebe noch und ich darf wütend sein, traurig und wissen los und ratlos über Sachen, die einfach nicht in meine Welt passen...
und ich versuche los zu lassen, zu schreiben, meinen Gefühlen Luft zu machen...

„STUMM SEIN IST KEINE OPTION“

„STUMM SEIN IST KEINE OPTION“

Nach-Hilfe

...komm zu mir,
ich zeige es dir
und setze dich auf meinen Schoß
dann kannst du es besser sehen
was ich dir erkläre
wenn ich dir nach-hilfe gebe
sagte er und zog mich auf seinen schoß
dieses komische gefühl
woher kam das bloß?
ich schaute auf mein heft
und merkte plötzlich
seine hand
die von hinten irgendwie
unter meinen pulli verschwand
ich wurde ganz steif
hatte angst
stumm vor lauter komisch sein
was macht er da
was soll das nur
plötzlich hat er meine brust in seiner hand
mit seinen fingern knibbelte er an meiner brust
und dieses plötzliche gefühl
woher kam das bloß
was mache ich jetzt
und er ließ mich wieder los
war nett zu mir
habe ich das mir nur ausgedacht

„STUMM SEIN IST KEINE OPTION"

bin ich blöd -
er hat mich bestimmt nicht angefasst
ich schäme mich
was denke ich mir
mein kopf ist verrückt
was soll das hier

und sagte später dann zu mir
weil du heute lieb warst
fahren wir mit dem motorrad zurück
und am harkortsee kaufen wir ein eis
aber wir erzählen davon nichts,
das bleibt unser geheimnnis...

und ich wusste wieder nicht,
meinte er das Eis
oder meinte er mich?

essen

Ich kriege nichts zu essen runter - fühle mich so hilflos, immer ist mir schlecht, wenn ich was essen muss... will diesen Hunger so nicht fühlen, nach etwas, was ich nicht aufnehmen kann, morgens und abends nicht vertragen kann.
Tage nur mit etwas Mittag essen, vergehen wie der Sand in der Uhr, ändert aber nichts, das Gefühl bleibt zurzeit immer da, dieses unwohl, schlecht sein, gleich kotzen zu müssen und immer mit diesen Bildern in meinem Kopf, die nie verschwinden. Schlechtes oder gar kein Essen aus längst vergangenen Tagen, die niemals schön und fröhlich waren, niemals vergessen sind: tragen heute riesen Früchte, die schlimmer als Adams Apfel sind. Ich sehe Obst, möchte so gerne rein beißen und wenn ich es dann zu Hause habe, kriege ich es nicht runter, weil diese Erinnerungen kommen... Weintrauben auf dem Tisch, frisch, gerade gekauft und dann der Kommentar "friss nicht so viel, davon wird man fett" mit neun, zehn...mit dreizehn konnte ich es dann nicht mehr sehen, ließ alles stehen, weil alles dick machte und Essen essen nicht nur den Hunger stillt, sondern auch die Habichtsaugen der Bewacherin mich nie unbeobachtet lässt. Bei Festen wirft sie mir Blicke zu, die sagen, lasse es du kriegst nichts mehr davon und ach ja, Kinder, die kriegen das, was übrig bleibt...also warte gefälligst, die Erwachsene - vor allem ER - nehmen sich immer zuerst und er natürlich von allem das Beste! So gehört sich das für seine Frau, für eine Frau. Also schau mich an, so geht das und gehe nicht immer wie ein Bauer, benimm dich mal wie ein Mädchen - was soll aus dir nur werden? Schau dir deinen Bruder an, warum kannst du nicht so sein wie er? Er weiß sich zu benehmen, nimmt ihn in den Arm, schau, er hat sogar Spaß daran! UND ich sehe hin, ekel mich vor ihm und beneide meinen Bruder, weil er ein Junge ist und all das kriegt, was ein Junge will - dabei fand ich das BMX auch echt toll, hätte gerne eines gehabt... ich will kein Mädchen sein, was nicht essen darf und in die Sonne gehen muss, um schön auszusehen und diese Strumpfhosen - warum rutschen

die immer?! Ich will nicht hier sein, wie ist es eigentlich, tot zu sein!? Auf jedem Fall nimmt man dann nicht mehr zu, hätte also auch einen Vorteil., warum sagt sie mir, wie dick ich bin und zieht dann meine Hosen an!? Ist Gr. 38 dick!? Ist es dick, so zu sein, wie ich bin!? Aber alle Mädchen aus meiner Klasse sind so...ich verstehe das nicht... Die Hose von C. passt mir doch auch, die ist so cool, dass sie sie mir geschenkt hat - und C. ist so hübsch...ist sie dann auch dick? Bin ich dick? Muss ja wohl, sonst würde sie s ja nicht sagen und diese Tabletten, die tun meinem Bauch weh - aber die gibt sie mir, jeden Morgen. Nimm sie, die verschließen den Magen, dann hast du kein Hungergefühl und schau, die Hose rutscht schon, ich bin stolz auf dich! Und was war ich froh, sie war stolz auf mich und dann nahm ich die Tablette, jeden Morgen und sagte es ihr...ich wollte, dass sie stolz auf mich ist, das sie mich sieht, mich nicht wieder vergisst - und dann schaut er mich an und haut mir auf den Arsch, auf meine neue weiße Jeans und sagt, „Schau mal, was deine Tochter für einen tollen Arsch bekommen hat, der wird mal eine Wucht!“ und hält ihn dann mit beiden Hände feste und drückt ihn zärtlich - ich schaue sie an und sie, sie mich, beobachtet mich und dieser Blick - ist sie sauer auf mich!? Was habe ich den getan? Ich weiß nicht, was ich machen soll und nichts, nichts kommt von meiner Hilflosigkeit bei ihr an...

Am nächsten Tag zieht sie dann plötzlich meine neue Hose an - u sagt, du hast ja wohl nichts dagegen, du hast ja eine andere an, eine von denen, die ich habe - ich bin fünfzehn und kämpfe um jede Kleidung, die ich kriegen kann und die ich mir von meinem Babysitter Geld kaufen kann... Und nun, nun zieht sie meine Hose an...

ich habe keinen Hunger mehr, sie kauft nun Sachen für mich, indem sie sie anprobiert, beachtet dabei aber nicht, dass ich noch im Wachstum bin oder was mir gefällt - dies wird völlig ignoriert. Es geht um ein gutes Aussehen, ein fertig machen und fertig sein - für ihn, für andere und präsentativ zu sein.

Und Obst, Obst mag ich nun nicht mehr - Süßigkeiten hat sie im Schrank versteckt, wenn ich mal Hunger habe, nehme ich mir was und David auch - sie meckert dann, „was fällt euch ein - das ist alles meins" und holt den Holzlöffel raus, manchmal bringe ich ihr den auch und sie schlägt auf mich ein, aber ich war an dem Tag etwas satt und vor allem David auch...

Es ist schön zu sehen, wie es meinen Kindern schmeckt, sie mein Essen mögen, sich Nachschlag nehmen, ohne darauf zu warten, eine ins Gesicht zu kriegen... Sie haben immer zuerst Essen bekommen, bekommen es noch, weil Kinder wichtig sind und sie wissen müssen, dass jeder Hunger gestillt werden darf, muss, ohne Ekel zu empfinden oder gesagt zu bekommen, davon wirst du fett. Sie sind gesund. Mein größtes Ziel, so viel Normalität zu vermitteln, wie es geht, auch richtig ohne Ahnung davon zu haben...und meine größte Angst, meine eigenen Kinder kaputt zu machen -
und wenn ich nicht mehr weiter wusste, las ich, fragte und sah anderen zu und versuchte, einen Weg zu finden - weg von diesen manipulativen Scheiß, der so bestimmend war und immer noch ist im Leben.

Ich kriege nichts runter, bekomme Ekel, hatte früher so oft Herpes, wusste nie warum, dieses dreckig sein am Mund, morgens nichts essen zu können, immer mit dem Gefühl, es fühlt sich komisch an, der Kiefer tut weh...seine Zunge in meinem Mund, wie kann man das mögen? Damit glücklich sein? Ich will hier weg und kann es nicht, weil David sonst allein wär - und ihn, ihn verlasse ich nicht...ich habe Hunger und ich kriege nichts runter und beim Bäcker sieht es lecker aus, jeden Morgen, wenn ich da vorbei gehe, mein Magen knurrt und mir nichts kaufen kann, weil ich es nicht essen kann...

... und es ist erst zehn, noch drei Stunden, dann wird es besser sein und ich bekomme eine Kleinigkeit rein...bereite dann Mittag zu und freue mich, wenn es den Kindern schmeckt...

„STUMM SEIN IST KEINE OPTION“

Seelen schmerz tag

ich will niemanden sehen
nichts essen
nichts hören
nichts trinken
nicht aufstehen

ich bin
und
fühle gerade nichts

bin in mir so tot
wie ich es nur an solchen tagen fühle

seelenschmerz erhebt sich mit aller macht
macht alles zunichte
was aufgebaut ist
an leben
vertrauen
liebe
hebt alles hervor
was schmerzt
weh tut
tot ist
in mir
an erinnerungen
vergangenes
ein leben

ich schmerze
tief in mir

dafür gibt es keinen namen
einen grund
es ist einfach da
und verschiebt die welten
schubst mich aus meiner heraus
nimmt mich völlig ein
mit schmerz
angst traurigkeit
und dem gefühl
unnütz zu sein

seelen schmerz tag

ein tag voller qual
zerstörung
schmerz
gefühl

nimmt mich mit
verschlingt mich
tötet alles
was aufgebaut ist
mit einem einzigen schlag

tiefer seelen schmerz tag

Verlorene Kinder

Wenn ich in deine Augen sehe, sehe ich die Verbindung zwischen uns...sehe, wie du mich anlächelst: doch tief in dir die Tränen kaum ertragen kannst - ich sehe dich, weil ich mich in dir erkenne: dich sehe und mit dir zusammen dies alles versuche zu ertragen, normal zu sein.

Wir weinen dieselben Tränen: ungeweint, still, emotionslos - weil sonst kein Mut mehr da wäre, um Leben zu leben.

Mut, um jeden Tag aufzustehen und Mut, um jeden Tag wieder zu Bett zu gehen: sich in einen schlaflose Nacht zu begeben, die seit so vielen Jahren schon besteht und immer weiter bestehen wird, weil es kein Entrinnen gibt für diese Taten, die an uns begangen wurden, und die uns immer noch nicht schlafen lassen.

Stille Trauer und das Gefühl des Lebens in uns verloren zu haben, ist ein Wegbegleiter geworden...den man nur erkennt, wenn man ebenso ist, anders als die Norm und sich immer als Außenseiter fühlt und erwachsener als jeder Erwachsene ist, ohne je komplett Kind gewesen zu sein, sein zu können, weil die eigenen Emotionen auf Grenzüberschreitungen jede Kindlichkeit nahmen und uns gleich mit dazu, uns selber nahmen, bis nur noch ein kleiner Teil von dem übrig blieb, was heute besteht. Ein Rest an Leben, der alle Lücken füllen muss, die im Laufe der Vernachlässigung, des Missbrauchs, der Manipulationen und der schlechten Konditionierungen entstanden ist.
Ja, ich bin noch da, doch siehst du mich nicht - weil ich mich nicht mehr fühlen kann. In mir ist es tot, dunkel, traurig...da will keiner sein, da will keiner leben: den eine Ent-Wicklung gibt es da nicht.

Ich bin allein, so sehr und doch auch wieder nicht, den ich erkenne mich in so vielen wieder, die für immer verloren sind: mal Kinder waren, deren Leben für immer und lebenslänglich genommen wurde.

Verlorene Kinder, die wir sind... unerkannt für so viele und betraft mit etwas, was sich Leben nennt und doch keines ist. Ich bin ein verlorenes Kind und sehe andere, die so wie ich, ebenso sind.
Wir sind viele.
Ich bin nicht alleine und wenn ich dich sehe, weiß ich das, doch dein Schmerz ist schlimmer als meiner, weil ich diesen Schmerz so sehr sehe, fühle...bei dir bin und ihn durch dich kaum ertragen kann: diesen Schmerz, den ich jeden Tag meines Lebens wie eine Millionen heftiger Nadelstiche in und auf mir spüre.

Sie: die dahinten, DIE lachen und weinen zusammen...sie umarmen sich, lieben sich, bleiben zusammen, bis die Liebe erlischt - oder der Tod sie trennt. So was hätte ich oft gerne, eine fühlbare Liebe:
mit Leidenschaften, morgens mit einander liebend aufzuwachen, vielleicht mit ehrlichen Diskussionen, auch kleinen Streitigkeiten, den Tag verbringen, ohne sich böse zu sein - ohne diese tiefe Verletzbarkeit, die Nähe nicht zu lässt, mir so sehr das Atmen nimmt und mir dieses Allein-Sein auferlegt, auch wenn jemand, den ich liebe, bei mir ist... und mich dann zur Nacht liebevoll küsst...

Ich liebe - auf meine Weise, mit allem Misstrauen, was mir zu steht, weil ich niemanden traue - auch mir selber nicht. Aber ich gehe auch, weil ich nicht wieder verlassen werden will, weil ich etwas Stärke beweisen will, beweisen muss - weggeschubst und verlassen werde ich nicht mehr, das mache ich schon allein...,
weil ich mutiger sein muss, jeden Tag, als es die Menschheit insgesamt je sein wird. Und ich bin allein, lebe es auch, weil Nähe nicht zu ertragen ist.

Wenn es mir zu viel wird, drifte ich weg, werde zeitlos, bin nicht da - und tauche irgendwann wieder auf, als wäre nichts passiert und merke nur, mir fehlt es an Erinnerung...

ich bin ja da und auch wieder nicht und manchmal, ja, ganz manchmal, schneide ich mich...aber nur, weil ich mich dann wieder fühlen kann, wenn ich merke, da

ist noch was in mir, was fließen kann...nicht, um mich zu verletzen, sondern nur, um was zu fühlen, vielleicht etwas Lebendiges in mir und bin erleichtert, wenn ich es dann wieder spüren kann, das Leben in mir, was ich dann sehen kann!
UND was davon bleibt sind die Narben, die für andere dann so entsetzlich sichtbar sind, aber wie ich schreie, ganz stumm, ganz tief in mir, dass weiß nur dieses Kind, was dabei war, als mir mein Frieden genommen wurde, mein Platz in der Welt kaputt gemacht wurde und mein Urvertrauen verloren ging, weil sich jemand an mir verging!
Und das was sie sehen, für sie so schlimm ist, dass es sie zu Tränen rührt...doch meine Emotionslosigkeit dabei, das sehen sie nicht, denn es geht doch gar nicht um diese sehbaren Narben...sondern einzig allein um mich, ganz tief in mir drin!

Und ja, sie sehen nur die Narben, wenn sie sichtbar sind - dabei sind die Unsichtbaren die Schlimmsten, weil die mir keiner nehmen kann, keiner nimmt. Die Unsichtbaren, die mich nie schlafen und immer Schmerzen da lassen, mein Leben bestimmen, Wünsche unerfüllt lassen und mich mit so vielen Einschränkungen leben lassen - oftmals nur mit Existenzangst überleben lassen...was macht das alles für einen Sinn?! frage ich mich und verstehe oftmals diese Welt nicht, in denen Kinder in Familien gelassen werden, obwohl es doch alles so offensichtlich ist.

Verloren Kinder: so viele, dass es unzählbar ist, unendlich...die irgendwie erwachsen geworden sind, ein Leben leben, aufstehen, vielleicht noch arbeiten gehen, mit aller Kraft, die noch geblieben ist...weil es das Einzige ist, was sie noch aufrecht hält und irgendwie gesellschaftsfähig macht.

Doch die Auswirkung von sexueller Gewalt sucht sich ihren Weg, individuell und verschieden und ausdrucksstark, auf so vielen Wegen - egal wie viel Zeit verstreicht, sie liegt im Schatten, lauert auf eine Schwäche im System und schlägt dann zu, wenn es nicht erwartet wird und nicht mehr zu ertragen ist...

UND mit unverkennbaren, tieftraurigen Augen siehst du mich an: wir sehen uns, erkennen uns...und laufen aneinander vorbei, weil es zu tief schmerzt, den eigenen Schmerz, den eigenen Verlust, in deinen Augen sehen zu müssen...

Und ich ertrage es kaum, weil es mir den Spiegel vorhält, wie voller Unerträglichkeit ich doch eigentlich bin und ich blicke weg, weiche dir aus, weil ich nicht zu ertragen bin.

Hafenerinnerungen:

Anker werfen,

auf einer Sandbank festsitzen,

an der Reling stehen,

mit dem Tauende in der Hand,

bereit an Land zu springen,

um es festzuzurren,

mit dem Pfänder daran,

um den Stoß abzufangen…

Hafenerinnerungen

Spielen mit Kindern

einer fremden Sprache -

mit Gestik & Mimik

erklärte sich die Welt von selbst…

Muscheln sammeln,

Krabben fangen,

zum Wettrennen

im Hafenbecken wieder laufen lassen

& den Eimer nehmen,

um lachend

wieder neue zu fangen…

Hafenerinnerungen

Fahren & segeln

ins offene Gewässer

starker Wind

trieb das Segelschiff an,

bis es fast kenterte

der Sturm trieb es voran -

das Element zu spüren –

darauf kam es an!!!

Hafenerinnerungen:

voller Angst unter Deck, in der Achterkajüte,

im Schlafsack,

ganz versteckt

versuchen zu schlafen

mit dem Wissen,

dass die Ruhe

vorbei ist

& das Versteck entdeckt…

Hafenerinnerungen!

Vernachlässigung

Manchmal habe ich das Gefühl, dass so viele Erinnerungen wieder hochkommen, dass ich die gar nicht alle integrieren kann und es fühlt sich auch so an, als wäre das gar nicht ein Teil von mir. Auch das fühlt sich komisch an...wobei es diesmal gar nicht mehr so sehr um den Missbrauch an sich geht, sondern eher um die immense Vernachlässigung und Manipulationen als Kind und Jugendliche - oder die Abneigung zu mir.
Auch das ist irgendwie abgespalten - zumal ich oft denke, wie kann man den sein eigenes Kind nicht lieben!? Natürlich wird auch das eine Geschichte haben, aber ich bin nicht dafür verantwortlich, die Geschichte meiner "Mutter" oder meiner Familie als Entschuldigung zu sehen, warum mir ´wie und was´ passiert ist.

Meiner Meinung nach hat jedes Kind ein Anrecht darauf, kindgerecht umsorgt und geliebt zu werden - ansonsten kann ich die Verantwortung nicht übernehmen --- und ja, massive Vernachlässigung war nie ein Thema für mich, aber je älter ich werde, desto mehr Erinnerungen kommen auch daran wieder hoch. Zum Beispiel daran, dass wir bei uns oftmals einfach kein WC Papier hatten, ich mich nicht daran erinnern kann, mal eine neue Zahnbürste bekommen zu haben - oder jemals ausreichend Unterwäsche und Socken, abgesehen von normaler Kleidung - gehabt zu haben. Wenn die Unterwäsche, die ich hatte, nicht mehr sauber war, sagte meine „Mutter", zieh sie anders herum an - oder nimm eine von meinen. Demzufolge war ich auch oftmals wund im Intimbereich als Kind, weil die Hygiene einfach nicht so war, wie sie sein sollte und auch nicht darauf geachtet wurde.
Auch gefroren habe ich immer oder geschwitzt, „wettergerechte" Kleidung hatte ich eigentlich nie, außer, wir gingen irgendwo hin, dann wurden wir präsentiert...

Irgendwann sagte ich meiner „Mutter“, dass ich weiße kleine Würmer habe - ich zeigte sie ihr, als ich auf dem WC war und sie sagte, ach, das geht wieder vorbei - ist nicht schlimm... ich weiß nicht mehr, wie oft das vorkam, aber ich habe irgendwann aufgehört, ihr zu zeigen, wenn mir etwas komisch vorkam. Egal was es war, es war für sie weder komisch noch gingen wir diesbezüglich zum Arzt.
Als wir von Dortmund nach Herdecke zogen, hatte mein Bruder ein eigenes Zimmer - ich habe mir das mit meiner "Mutter“ geteilt, es war also nie „mein eigenes“. Ich hatte weder ein eigenes Bett, noch einen Schrank, sondern schlief in ihrem Bett und benutzte ihren Schrank. Das einzige, was wirklich mir gehörte, war mein Schreibtisch, den ich mal mit sechs Jahren zur Einschulung bekommen hatte. Mehr nicht. zu dem Zeitpunkt war ich sieben oder acht. Davor hatte mein Bruder und ich ein Zimmer zusammen und ich weiß noch, dass wir jeder ein eigenes Bett und auch einen eigenen Schrank hatten. Danach nicht mehr.
Als wir nach Herdecke zogen gegen Anfang/Mitte der 80er Jahre, zogen wir in ein Mehrfamilienhaus mit schönen Wohnungen, die über mehrere Etagen gingen; dass dies allerdings nur ein Kinderzimmer hatte, störte meine „Mutter“ nicht. Sie schlief unten in der anderen Wohnung, ließ uns oben alleine schlafen, mich mit sieben/acht Jahren, meinen Bruder mit vier/fünf Jahren. David ist drei Jahre jünger als ich.

Von da ab waren wir meistens allein in der Wohnung, nachts und auch tagsüber.

Am Wochenende „spielte“ sich das Leben in der unteren Wohnung ab, bei ihrem Freund. Dort gab es auch immer was zu essen, was zu Trinken und dort wurde auch immer Weihnachten etc. gefeiert. Unsere Wohnung oben blieb immer steril sauber von irgendwelchen Feiertagen.
Oben in der Wohnung hatten wir kaum was zu Essen und zu Trinken, außer, wenn Besuch kam - dann wurde eingekauft und alles schön präsentiert - oder wenn sie mit ihm Streit hatte, meistens bei Vollmond. Deswegen sagten wir dann auch immer, wenn was ist, „Ach, haben wir wieder Vollmond?“ Das

wurde irgendwie immer zum „running gag“, wie man heute sagen würde - zumal das eine Zeit war, in der mein Bruder und ich auch mal mittags etwas Warmes zu Essen bekamen.

Eigentlich waren mein Bruder und ich immer unterversorgt, was Essen anging...

Wenn wir morgens aufwachten, kam sie oft hoch, machte uns was zu Essen und schickte und zur Schule - allerdings wurde dies auch immer seltener und sie schlief aus, kam nicht hoch. Ich kümmerte mich dann um meinen Bruder und versuchte ihn, so gut ich konnte zu versorgen - mit sieben und acht und neun und zehn …, aber wenn nichts da ist, kann man auch keine Versorgung übernehmen und oftmals waren die Sachen, die noch da waren, nicht mehr in guter Verfassung. Brot war schlecht oder es war keines da, kaum Wurst oder Käse, kaum Getränke für die Schule. Ich weiß noch, dass wir oftmals einfach Hunger hatten - also gingen wir so zur Schule.
Auch in der Schule hatte ich oft Hunger und war irgendwie neidisch darauf, wenn andere Kinder so schöne Brote dabeihatten, sich was kaufen durften oder sogar was zu trinken dabeihatten! Wir haben dann immer aus dem Wasserhahn getrunken, wenn wir Durst hatten - auch und gerade in der Schule.

Ich habe immer gedacht, wie teuer das wohl alles sein müsste, dass wir das so nicht hatten.
Hunger war ein Begleiter, den ich so nicht kannte - und er blieb.

Wenn wir mittags von der Schule kamen, saßen wir oftmals vor der Tür, wir hatten keinen Schlüssel und meine „Mutter“ war nicht da - sie war bei ihrem Freund in Dortmund, in seinem Gebrauchtwarenhandel oder Essen gegangen, was sie oftmals taten.
Nachdem sich eine Nachbarin beschwert hatte, dass wir immer vor der Tür saßen stundenlang (nicht nur, dass wir Hunger hatten, wir mussten auch immer dringend!), bekamen wir einen Schlüssel von „unserer“ Wohnung oben und durften rein. Damit kam sie dann gar nicht nach Hause, erst abends, mit ihm

zusammen. Dann wurde auf heile Familie gemacht und wir mussten mithelfen, Sachen vom Auto nach oben tragen, aufräumen, kochen etc. - wobei der Hunger, den wir den ganzen Tag über dann schon hatten, abends um 20 h irgendwann weg war...Erst dann wurde zusammen gegessen und wir durften um halb zehn - nach dem Spielfilm - dann hoch gehen.
Meistens mussten wir dann auch das dreckige Geschirr mit nehmen in einem Wäschekorb, um es bei uns in die Spülmaschine zu machen. Wie peinlich war mir das, wenn mich so Nachbarn sahen...

Diese Jahre waren für mich die Schlimmsten meines Lebens, nicht nur, weil ich in der Zeit missbraucht, vergewaltigt und manipuliert wurde, sondern weil mir vieles einfach fehlt, was „normal“ gewesen wäre. Dadurch hatte ich kein „Normalität“ - das Unnormale wurde normal, anders kannte ich es ja nicht. Und es nahm mir meine Entwicklung, in jeder Hinsicht, die nicht nur für die Persönlichkeitsbildung so wichtig gewesen wäre.
Zehn Jahre verloren und unwiderruflich vorbei.

Einer meiner schönsten und wertvollsten Erinnerungen…

unter´m Vorzelt
saß ich,

in der Mitte von Opa und Oma,
die wertvollsten Menschen für mich!
und wärmte mich
nicht nur am Ofen –
der Regen plätscherte
auf das Zelt…

ich fühlte mich geliebt,
so wunderbar geborgen!
an meinem Platz –
dies ist mein Schatz
der Erinnerungen
die Beste für mich!

dieses Gefühl wärmte mich
und hielt mich warm –

spendete Licht

UND ich danke euch

für diese Wärme

die nicht erlischt…

mir das Tröpfeln der Regentropfen

vermittelt

´hier und jetzt´

fühle ich mich im Licht…

gebrochene Flügel

Ich ziehe mich mit letzter Mühe schutzsuchend unter einen Baum, halte meine sonst so farbenfrohen Flügel

mit schmerzverzerrtem Gesicht feste bei mir; sie sind völlig verschmutzt, dreckig; die wunderschönen Farben total beschmutzt!

Ich kann nicht mehr fliegen, bin abgestürzt, so tief…

und so feste auf dem Boden aufgeschlagen,

dass alles in mir wie betäubt, zerbrochen ist. Wo bin ich!?

Nach Hilfe rufen, bringt mir nichts -

es wäre keiner da, der meine stummen Schreie hören würde -

ich kenne keine Worte mehr. Ich bin verstummt.

Wie betäubt sitze ich unter dem schützenden Baum und lehne mich an den dicken, alten Stamm… er stützt meine kaputten Knochen, meinen kaputten Körper gerade so, dass ich nicht weiter zu Boden sinke.

… ich bin innerlich zerbrochen.

Ich bin vom Weg abgekommen, verloren im Nirgendwo.

Weiß ich nicht, wo ich gerade bin.

Ich versuche meine Flügel zu bewegen, doch auch sie bleiben ungewöhnlich stumm.

Ich habe keine Möglichkeit, dieser Situation zu entkommen…ohne fliegen zu können!

Der Sturm wütet weiter, ich kann ihn heulen hören!

Der Regen peitscht weiter um mich, um diesen alten Baum herum, schnelle und helle Blitze zucken am Himmelszelt, der Donner grollt hier und dort und überall - ich sehe nichts, so dunkel ist es um mich herum, lehne mich an den Baum, lasse die wartenden Tränen weinen.

Es sieht mich keiner

und ich sehe niemanden,

bin allein.

Tief getroffen durch diesen Absturz weiß ich nichts mehr. Ich weiß nicht, wo ich bin. Wie ich fortkommen soll - ich kann nicht mehr fliegen…

Seit Tagen dauert das Gewitter an, der Regen wird mein Durstlöscher … säubert mich sogar etwas von dem ganzen Dreck und Matsch auf mir.

So gut es geht, versuche ich mich aufzurichten… ganz langsam geht es, trotz so starker Schmerzen. Ich sehe den Ast über mir…und Zweifel daran, dass ich den jemals erreichen kann! Mein Selbstwert ist dahin… zusammen mit meinem Fluginstinkt. Ich setze mich wieder hin und versuche es später wieder...und achte ängstlich auf die Gefahren der wilden Tiere um mich herum. Ich bin ein Kind des Waldes, aber am Boden ist es gefährlich, sogar für mich!

Wieder ein paar Tage später habe ich es geschafft, ein in der Nähe liegender, kaputter Ast half mir hinauf in die Sicherheit des Baumes, auch wenn es nur der erste starke Ast des Baumes ist, sitze ich nun sicherer, als auf dem Boden. Ich werde auch nicht mehr nass und ganz langsam, wärmen sich meine Glieder. Ich spüre immer noch nichts, die Sonne blendet meine Augen, mein Kopf tut weh´ - immer noch erkenne ich keine Richtung, keinen Weg, sehe niemanden.

Aber es fühlt sich nun etwas besser an, auch wenn es noch sehr schmerzt. Ich schäme mich, weil ich abgestützt bin. Wie soll ich den anderen je wieder unter die Augen treten!? NIEMAND stürzt ab - alle fliegen und schaffen den Alltag, ihre Arbeit und unterstützen den Staat!

Ich schließe die Augen und versuche erneut, die Flügel zu bewegen, wenn auch unter starken Schmerzen, geht es nun… ganz langsam breite ich sie aus - sie sind gebrochen vom Sturz, der Riss ist gut zu erkenne, wenn er auch langsam heilt… wie lange muss ich hier noch bleiben, frage ich mich und sehe nicht die Sonne, die langsam über den Himmel kriecht, auch deren Wärme erreicht mich nicht. Die großen Blätter des Baumes bedecken mich…

Wieder ein paar Tage später versuche ich noch höher zu kommen, langsam und vorsichtig merke ich, dass mein Kopf nicht mehr schmerzt, ich auch meine Arme wieder bewegen kann und drücke mich langsam, Ast für Ast höher hinauf, näher zur Krone des Baumes hin… es wird luftiger, Dreck fällt von meinen Flügeln, meinem Körper…ganz langsam erkennt man wieder die, die in mir ist - und ich sehe, dass vor mir plötzlich die Vögel sitzen…bunt zwitschernd und emsig plaudernd mit ihren Freunden fliegen sie von Ast zu Ast - wieso habe ich sie vorher nicht bemerkt!? Ich will auch wieder fliegen, denke ich und setze mich, lehne mich an den Baum und sehe ihnen bewundernd und neidisch zu. Nanu, denke ich, wie furchtbar! Ich bin neidisch… so was kenne ich von mir gar nicht. Verwundert schüttel ich langsam den Kopf, ich und neidisch… und wieder geht mein Blick zu den prächtigen und zwitschernden kleinen Tierchen über mir… Stunden später werde ich wach und wunder mich, dass ich das erste Mal seit Tagen richtig geschlafen habe… es fühlt sich gut an, wunderbar und frisch - und nun merke ich, dass ich die Sonne auf mir spüre!

Es ist warm, ach, wie schön das ist - und wie sehr habe ich das vermisst!

Ich freue mich, auch dieses Gefühl habe ich vermisst. Die Dunkelheit spüre ich nicht mehr und wieder versuche ich meine Flügel zu strecken - es geht und ich strecke sie ganz weit von mir, bewege sie ganz langsam und stelle fest, ich höre sie wieder! Leise flüstern sie mit dem Wind, wollen wieder fliegen - doch die Angst wieder zu fallen lähmt die Freude des Moments und ich lehne mich wieder an den sicheren Schutz des Baumes an… Irgendwas hat sich verändert, ich bin anders - nicht mehr so frei.

Und ich habe Angst!

Das hatte ich noch nie - nie konnte es hoch genug, nie wild genug sein - bei allen Sachen war ich stets dabei… UND nun, nun habe ich Angst abzuheben, eine normale Bewegung zu machen, einfach nur zu fliegen… Tränen liefen meinem Gesicht hinunter, sie wollten gar nicht mehr versiegen …

Ich blieb weiter sitzen in der Baumes Krone, sah den anderen Fliegern zu - sah aber niemanden von meiner Art. Sie sind wohl alle weitergeflogen, niemand hat auf mich geachtet… ob sie mich vermissen werden? …

Ein paar Tage später, ziehe ich mich wieder einmal nach ganz oben, so wie jeden Tag in den vergangenen drei Wochen.

Ich spüre den Wind um mich herum, wie er mich tragen will, mir zu flüstert, nun komm… Wie automatisch breiten sich meine Flügel aus und ich muss feststellen, dass sie ganz anders aussehen, als zuvor, sie viel bunter, farbenfroher sind und glitzern in der Sonne - wo kommt das nun her? frage ich mich perplex. Ich sehe nach oben und der Drang einfach zu springen überkommt mich so plötzlich, dass ich erschrecke und lachen muss… okay. Ich versuche es… und ein langer Seufzer entfährt mir. Meine Stimme ist langsam wieder da, okay, dann JETZT und atme tief ein… ich stelle mich hin, breite die Flügel nun vollständig aus und stoße mich ab - und falle!

Ich habe Angst und sehe den Boden rasend schnell auf mich zu kommen und plötzlich weiß ich, ich will nicht mehr auf dem Boden liegen! Erinnere mich, wie es ist zu fliegen und beginne zu fliegen, ich spüre den Wind, der mich trägt und meine Flügel, die mich höher tragen… ich sehe den Baum unter mir, rufe ihn meinen Dank zu! Ich erkenne keinen Weg, dieser Ort ist mir völligst unbekannt - und habe das Gefühl, Angst und Erregung kommen auf, habe aber dann die Erkenntnis! Ich suche einen neuen Weg für mich, meinen eigenen, nur für mich!

Ich freue mich, fliege hoch und höher, merke zwar, dass ich noch schwach bin - aber ich weiß nun, dass ich es noch kann! Ich KANN wieder fliegen, auch wenn meine Knochen noch nicht völligst ausgeheilt sind, ich noch Schonung brauche, vielleicht Angst habe vor dem, was kommt, ich jetzt ganz anders bin...

Aber nun weiß ich, dieser Sturz machte Sinn -

und ich merke, dass UND wie sehr ich doch am Leben bin!

Und ziehe meine Kreise, hoch und höher hinauf, um meine eigene Freiheit und die Wärme der Sonne zu spüren!

Ich gebe nicht mehr auf!

nichts

Zu gefallen versuchen

anständig sein und brav und nett und zuvorkommend

keine Fehler machen

immer aufpassen

lieb sein

ihn küssen

ihm gefallen

so tun, als wäre nichts,

weil nichts ist …

das nichts tut weh

und bleibt nichts

so lange Jahre mit nichts

macht nichts aus mir

ich bin nichts

voll und ganz nichts

mit nichts hast du nichts

bist du nichts

machst du nichts

und wirst niemals nichts

„STUMM SEIN IST KEINE OPTION“

zwing mich! damit ich fühle

Ich liebe dich, sage ich und schaue dich an und bin so froh, dich gefunden zu haben...und meine es auch genauso. Ich liebe dich! sage ich und es ist hell, wir sind zusammen und haben einen schönen Tag!
Und wenn es Nacht wird, lieben wir uns noch mehr - du mehr als ich dich, weil ich nicht spüren kann. Ich fühle nichts bei deinen Berührungen, die so zärtlich und schön sind, doch wahrscheinlich sind sie nichts für mich.
Ich fühle nichts.
Du schläfst mit mir und berührst mich, ich fühle dich zwar nicht, weiß aber, wie zärtlich du bist und kann nur erahnen, wie sich das anfühlen muss, wie schön es vielleicht sein kann, zärtlich geliebt zu werden, mit allen Sinnen die einem zur Verfügung stehen.

Doch leider weis ich davon nichts, denn ich fühle nichts - ich fühle dich auf mir, schließe die Augen und versuche mir vorzustellen, wie man sich nun bewegen muss, dem dies hier gefällt. Wie sich jemand benehmen muss, dem dies hier Spaß macht. Ich spüre nichts und als du in eindringst, tut es weh, doch ich streichle deinen Kopf dabei und ziehe dich an mich, küsse dich zärtlich auf den Mund und wenn du in mir bist, schließe ich die Beine... und du schaust mich an und sagst, ich will dir nicht weh tun - und ich sage, tust du nicht, es ist schön, mache weiter - höre nicht auf! Den dieses schließen meiner Beine lässt mich den Zwang dahinter spüren, die Zärtlichkeit vergessen und
endlich fühlen, dass ich etwas spüre. Wenn auch widerwillig merke ich nun, das mir so etwas wie Lust kommt, ein Gefühl, welches ich kenne, aus lang verdrängten Zeiten...
Jetzt spüre ich dich, weil ich nicht mehr offen für dich bin, weil du mich nun nehmen, mich irgendwie zwingen musst in mir zu sein und deine Bewegungen auf mir können nun nicht mehr so zärtlich sein, weil sie sich einen Weg suchen müssen...und ich schließe meine Augen und bin nun etwas erleichtert. Nun rührt

sich etwas in mir, etwas bewegt sich und ich versuche diese Bilder vor meinen Augen weg zu bekommen, die du nicht bist. Ich liebe dich. Ich liebe es, dich bei mir zu haben - nur manchmal merke ich, wie deine Nähe mich erschreckt, wie sie mich erzittern lässt, ohne Wonne, sondern nur mit Angst spürend dann stehen lässt...aber ich will nicht weg driften, ich liebe dich ja, will das hier auch - aber irgendwie halte ich es nicht aus und ich merke, ich will nun, das du fertig wirst und ich möchte doch so gerne was spüren...und ich schließe die Augen, fühle dich nicht mehr und berühre mich einfach selbst an diesem Punkt, den ich vor nicht allzu langer Zeit entdeckt habe und merke, wie auch dich das erregt... Ich berühre mich und versuche, mich gut zu fühlen, weil ich dich ja liebe und auch das hier, mag ich irgendwie...und ganz langsam merke ich, dass dein Zwang in mir sich stärker bewegen zu müssen, mich etwa mitnimmt...ich mich fallen lassen kann, nur etwas, ein wenig...weil ich es nicht zu lassen kann, dass mich ein anderer so nimmt. Ich beginne zu fühlen, so weit, wie es mir möglich ist und höre irgendwann mitten drin wieder auf - zu viel Gefühl ertrage ich nicht, dabei war so schon so viel möglich...auch ohne dich.
Erschöpft liegt du auf mir, rollst dich von mir ab und nimmst mich in den Arm, nur für einen Moment ertrage ich das und sage dann, ich komme sofort wieder, küsse dich zärtlich auf den Mund - und flüchte ins Bad, weil mir die Tränen kommen, ich mich dreckig fühle und alles an mir und in mir so sehr brennt. Ich setze mich auf den Badewannenrand und nehme die Dusche und brause den Bauch, den Intimbereich und meine Oberschenkel mit heißem Wasser schnell und intensiv ab - ich bin geübt darin lebe ich doch damit, jeden Tag - und wieder fühle ich nichts, nur das Brennen des heißen Wassers verbrennt meine Haut und nimmt mir das Gefühl, ein Haufen Dreck zu sein.

Ich bin fertig, bin wie betäubt...und gehe zurück ins Schlafzimmer, in unser Bett, lege mich zu dir und lasse mich in den Arm nehmen und du sagst, ich liebe dich zu mir und ich wiederhole es, für dich in dem Moment, Kuschel mich an dich und du seufzt - und kurz danach bist du eingeschlafen. Ich warte noch etwas, lausche auf deinen Schlaf und kurze Zeit später drehe ich mich aus unserer Umarmung raus, ganz langsam, um dich nicht zu stören, weil ich diese Nähe nicht mehr aushalte, sich mich in mir verbrennt und mir das Atmen nimmt - drehe mich von dir weg, stehe langsam auf und gehe hinaus.

Ich gehe ins Wohnzimmer, dick eingewickelt nun in meinen Schlafanzug, meinem Bademantel und den dicken Socken - mir ist so kalt, dabei ist es Sommer...nur niemals in mir. Ich gehe auf den Balkon und sauge die Nachtluft tief ein, versuche mich zu beruhigen und wieder weine ich...ich ertrage diese wunderschöne Liebe einfach nicht...

Nach mehreren Stunden lege ich mich wieder zu dir, ziehe dir deine Decke etwas höher und drehe mich auf meine Seite, mit dem Rücken zu dir und eingewickelt in meiner Decke bis zum Hals versuche ich neben dir einzuschlafen, was mir wieder einmal nur schlecht gelingt. Ich ziehe die Beine ganz dicht an meinen Bauch, die Decke fester um mich und versuche etwas geschützt zu fühlen und irgendwann sinke ich in einen traumlosen Schlaf...

Ideen möglich machen

Auf wundersame Weise regt das Denken Ideen an,
mit denen man dann so wundervoll spielen kann:
es wird hin und her überlegt,
ob es auch wirklich genau so und nicht anders geht,
dies abgewogen, dies hinzugezogen,
schon ist ein Gedanke,
eine Idee geboren!

Nun ist es, wie es ist,
ein Leben schwer auszuradieren ist,
die Ideen und Wünsche Gedanken entspringen,
die dich dem Leben näher bringen -
einmal hin, einmal her
Ideen werden Worte - gar nicht schwer,
Tabus zu brechen, umso mehr!

Mit jedem Schritt, den es mehr ins Leben geht,
geht es weg von Tabuisierung,
und ist niemals zu spät!

Öffne den Mund,
schrei es hinaus,
nur das nämlich will ich:
ein authentisches Haus!

Durch Gedanken geboren,
bin ich nun mehr ich,
und es wird wieder geboren,
die Idee an sich!

„STUMM SEIN IST KEINE OPTION“

mit-gehangen, mit-gefangen

...wieder einmal setzt er sich zu mir an die Koje, …

wieder einmal werde ich ganz klein, steif, kalt, regungslos und ´schlafe´ weiter, mit der Hoffnung, er geht wieder … ich zieh mich in mir zurück und merke schon die erste Berührung nicht mehr, die er vorsichtig versucht auszuführen - ohne viel Lärm zu machen, damit niemand es merkt, wie er langsam den Reißverschluss des Schlafsacks öffnet… seine Hand ihren Weg zu meiner Haut sucht, dabei Hindernisse wie Schlafsack und Nachtwäsche einfach leicht zur Seite schiebt und sich seinen Weg sucht … unsichtbare und sehr tiefe Narben auf mir hinterlässt, die niemand heilen kann..

Er sucht weiter seinen Weg zu mir, meiner Haut, meinem Körper, meiner Seele, meinem ICH, das verschwindet, unsichtbar wird … unnahbar…

aber vor allem zu meinem Körper, der nichts mehr spürt und nur noch klein ist, unscheinbar nicht gefühlt wird, immer nur als dreckig empfunden wird, als zu groß, zu plump, zu seltsam, zu anders, zu auffällig…. Zu alles…was auch immer.

Ich bin nicht allein da, da in diesem Vorschiff und versuche daran zu denken, ihn schützen zu müssen – für immer. Dies ist meine Pflicht, niemand darf ihm zu nahe kommen, ich muss aufpassen… und lieber er fasst mich an, als ihn… lieber ich bin diejenige, die dran ist, als er… er soll nichts haben, was ihn so leer macht wie mich, sich immer und überall unsicher ist, so sehr tot innerlich…so sehr betrogen von Leben, so sehr betrogen…von einer Mutter, die da ist, die nichts sieht und nur fühlt, dass ich von ihm angestarrt werde, betätschelt, wohlwollend und sie vor Eifersucht fast zerspringt und vielleicht von meinem eigenen Ich, welches spürt und nicht verschwunden ist und Reaktionen dieses Körpers hervorruft, Reaktionen, die ich mir nicht erklären kann, Reaktionen, die nicht sind und sein dürfen, mich so elendig und qualvoll verraten… meinem Ich ihm aussetzen, ohne Halt und ohne Aussicht auf Hilfe, von irgendwem.

Ich versuche mich anzupassen, ignoriere diese Angst, die immer da ist, vor allem, wenn er da ist und auch sie, ich versuche zu vergessen, mich ´wegzulesen´ in fremde Welten und Abenteuer und diese zu bestehen, obwohl sie nicht meine sind und vergesse die Tage, die so schrecklich sind, dass niemand dies hören mag – verstehen kann. Und diese Nächte, in denen er zu mir kommt, bis es auch am Tage passiert und ich keinen Schutz mehr habe – unerreichbar werde für so viele, für alle - aber ganz besonders für mich selbst.

Ich bin ich und auch so sehr wieder nicht, niemand sieht mich, so wie ich wirklich bin… dieses Überleben in einer Welt, die nicht meine ist und in der ich, für immer verloren bin…

Und er fasst mich an, wandert über meinen Körper, atmet leise ein und leise aus, atmet immer komischer, seltsamer für mich, tastet sich weiter hervor und berührt mich da, wo niemand es sollte, fährt hinein, verharrt und zieht seinen Finger wieder heraus…mutiger mit der anderen Hand, nun ebenfalls unter dem Schlafsack, ganz nah bei mir. Er berührt meine Brust, die einfach so reagiert, ohne, dass ich das überhaupt will, mich so sehr irritiert - Ich liege da und bin auch nicht da, schreie so tief in mir drin, dass ich platzen müsste, habe das Gefühl zu sterben und bin irritiert, wie laut mein Herz doch klopft, ich also doch nicht tot bin, aber sonst noch da bin… und wieder öffnet er meinen Schlafsack weiter als bisher und schiebt mein Oberteil nach oben, küsst meine Brust und leckt sie so eklig mit seiner Zunge ab, während die andere Hand mich weiter unten, weiter und tiefer berührt…

ich bin dreckig, immer noch starr und wenn ich die Augen weiter zu lasse, ist alles gar nicht wahr…

Ich bin einfach gar nicht da -

„STUMM SEIN IST KEINE OPTION“

Zerrissen

in Zeiten positiver Unbefangenheit konnte es nicht höher, schneller sein –

Unbefangene Unternehmungen trotzen dem,

was eigentlich ist, versteckt -

hinter vorgehaltener Hand wurde getuschelt, mit dem Finger gezeigt, der Kopf geschüttelt…

voller Freude auf Wochenenden mit dem Vater schauend,

all das vergessend, was eigentlich ist.

Im Geheimen wird es nicht entdeckt, im Geheimen ausgeübt -

Schuld und Scharm decken mich zu,

vergraben Erlebnisse, die sprachlos machen,

keine Worte für Taten finden lassen,

die keiner Sprache entsprechen…

zerrissen

zwischen dem, was wahr-genommen wird

und dem, was ist –

verschwiegen wird, abgedeckt mit materialistischem Schein,

wo kein Hunger nach Liebe und Essen sollte sein…

zerrissen zwischen den Welten, die keiner will,

brauchen kann und in denen gelebt werden sollte.

Ich bin da und auch wieder nicht

Sage Gute Nacht, schlafe aber nicht –

Weil es nicht geht, ich es nicht kann –

Weil ich zerrissen bin, zwischen dem,

was war und dem, was ist und dem, was ich erlebe,

nie vergessen ist!

„STUMM SEIN IST KEINE OPTION“

FAST N I E!

Fast N I E

denke ich an meine „Ursprungsfamilie“…

an meinen Vater, der nie für mich einstand, aber mein Held als Kind war, mit mir Fußball spielte, ich mich so sehr geborgen fühlte...

an meine „Mutter“, die mich verkauft hat… der ich immer irgendwie im Wege stand, sie mich ablehnte und nie geliebt hat…

an meine Brüder, die nun beide erwachsen und so unterschiedlich sind, aber auch nie „da“ waren, auch wenn sie so jung an Jahren waren und sind -

an alle die, die ich liebe und geliebt habe, ein Teil meines Lebens waren, manchmal emotional immer noch sind…

vor allem an meinem Opa, der noch lebt, aber zu seiner Tochter steht -

und an meine Oma, die nicht mehr lebt,

aber so sehr meine „Mutter“ war, sie mir über allen Maßen fehlt…

Fast N I E

denke ich an sie

und fühle mich ohne Ursprung manchmal so leer,

so schutzlos und verloren -

wie ein Baum ohne Wurzeln… und werde traurig

weil ich mir verloren vorkomme,

einsam, ohne ein Standbein zu meiner Vergangenheit -

und ohne die Gewissheit,

dass sich daran jemals was veränderbar ist.

Es ist, wie es ist –

ich habe mich entschieden, für mich, für Leben, für meine Kinder, die mit einer guten Wahr-nehmung aufwachsen sollen, mit einem Leben und der Sicherheit, dass das, was sie fühlen und erleben, wahr ist! UND mit dem Wissen, dass ich es auch bin, immer, egal was passiert - ich bei ihnen bin.

UND ich habe mich dagegen entschieden, gegen die Wahrheit einer Familie, die immer alles unter dem Teppich kehrt, niemals wirklich wirklich ist und alles immer nur verwischt und sich selber dabei nie vergesst, immer so ätzend neidisch auf andere ist und dabei dem Alkohol so zugetan ist…

Es ist okay, wie es ist -

Trotzdem…

fast N I E

denke ich daran, wie es wohl wäre, Wurzeln zu haben, kräftige, stämmige Wurzeln, die mich halten können, wenn mal ein Sturm droht, ein Sturm ist…und vergesse dabei oftmals, dass sie mich nicht nur einem Sturm, sondern einem Orkan ausgesetzt haben, ohne Rücksicht auf mich…

und dann weine ich und mit Tränen im Gesicht sehe ich wieder die Wahrheit und alles genau so, wie es ist:

Ich bin, nur durch mich, ohne sie, lebe ich und fühle mich und gebe meinen Kindern die Wurzeln, die ich fast N I E so vermiss…

Fast N I E

bin ich traurig, emotional,

bedauere alles, so wie es ist, bevor ich die Wahrheit wieder fühle, wiedererkenne, kräftig durchatme und wieder aufstehe, um weiter zu machen, die Wurzeln für meine Kinder zu stärken - die auch mir selber irgendwie Halt

geben -, um einfach weiter zu leben, so wie es nun ist und mit dem Wissen, dass dies nie mehr zu ändern ist!

Gewaltsamer Frieden

Langsam setze ich die Nadel an, treffe die Vene und drücke sie leicht in die Haut, betätige den Kopf der Spritze und drücke ihn langsam, vorsichtig und damit die Flüssigkeit in meine Vene. Ganz langsam lässt der Schmerz, der Druck nach, es wird besser, hebt mich auf eine Wolke und macht meine Sorgen vergessen, ich fühle mich nach und nach, immer mehr, wie in Wolle gepackt, Wärme verscheucht die Kälte in mir, breitet sich aus und wärmt mich von innen... es wird wieder warm, ich fühle mich zu Haus, komme wieder an…

Ich lehne mich zurück und schließe die Augen, mein Leben zieht an mir vorbei: emotionslos betrachte ich aus der Ferne detailliert die Bilder meines Lebens, sachlich und unbeeindruckt von all den Schicksalsbildern in meinem Kopf lehne ich mich weiter zurück, entkrampfe langsam und löse die Schlinge um meinen Arm, um es weiter und stetiger fließen zu lassen.

Die Droge umklammert mich, hebt mich endlich aus allem und raus und bereichert so meinen Wunsch nach emotionsloser Abgeschiedenheit, Alleinsein und sich besser fühlen – zu fliegen, ohne sich weiter Sorgen um das jetzt machen zu müssen, es wird alles unwichtig, einerlei - mein Leben ist vorbei,

ich bin endlich frei…

Wundervolle Reise

Ich habe eine wundervolle Reise, voller Extreme -

Wegbegleiter sind die,
die mich begleiten
egal ob kurz oder lang
und auch wenn einiges schmerzt:
die Reise wird lang,
an Durchhaltevermögen und Kraft,
Ausdauer und Entwicklung...

eine wundervolle Reise in Richtung „ich“
auf der Suche nach mir:
finde ich mich

zu Beginn:
eingebunden in konditionierten Formen von Leben
und unfrei in Handlungen und Denken,
weil alles so fremdbestimmt war -
und irgendwie noch ist,
langsam entfaltete sich jedoch mein „ich“

je älter ich wurde,
desto mehr entdeckte ich die Welt

...naive Handlungen und Reaktionen
verursachten Schmerz und schöne Gefühle,
abwechslungsreiches Leben -

beschenkt mit Kindern
und so vielen Erfahrungen,
die auch positiv und nicht nur negativ waren!

Dankbar für wunderbare Menschen,
auf dieser wundervollen Reise,
die nur mich sahen -
dadurch mich schützten,
mir unbewusste für mich und sie,
Rückhalt gaben -
ich am Leben blieb,
weiterging
und weiter stieg...

auf den Berg der vielfältigen Möglichkeiten des Lebens,
Lernen zu dürfen war nicht immer nur schön,
auch schmerzvolle Erfahrungen bringen Entwicklung -
füllte mich aber aus, mich über Leistung zu definieren,
bis dies nicht mehr möglich war...

Die wundervolle Reise wurde steinig, schwer
ich hielt mich aufrecht -
und Jahre später sah ich es,
wie wichtig dies war und ist,
um mein „ich" zu finden,
so, wie es wirklich ist -

und was meine Aufgabe
hier auf Erden ist!

„STUMM SEIN IST KEINE OPTION“

festgefahren

immer wieder!
vor und mitten drin!
in alten Mustern und Verhaltensweisen stehend!
dieses erneut und doch widerstrebend
ins Leben integrierend!
obwohl man etwas gelernt hat,
dass gerade ´dies und das´
sich selber nicht weiterbringt,
Altes nur Neues im Wege steht,
dabei als Resultat das Schönste am Leben nimmt,
Neues zu erleben und zu erfahren,
so viel Leben und Freude und Glück mit sich bringt -
Altes verabschieden natürlich Trauer, Tränen und Schmerz
mit sich bringt -
den nicht zu fühlen
- das Neue nicht zu sehen -
das Leben abschottet,
in Verstand und Gefühl,
Emotionen unterdrückend!

Rationalität gewinnt
über das Herz,

dieses dabei aber klein bleibt,
nur der lebensfähige Rhythmus pocht,
gleichzeitig,
nur ein Überleben im Alten stattfindet,
Gewohnheit und Vertrautheit sicher gelebt wird,
ohne darauf zu achten,

dass dies schon längst nicht mehr das Herz wärmt,
die Angst vor Neuem
in verängstigtem Starrsinn übergeht,
an allem festzuklammern,
was im Alten lebt –
Neues negiert und dabei zerstört wird
und
es bei dem ganzen Leben
doch eigentlich um das eigene Leben geht,
dem Glück dessen alles Alte im Wege steht,
schönes und positives negiert
ja nahezu alles irreparabel zerstört wird -

den Menschen,
den man eigentlich von Herzen liebt -
dabei einfach
im eigenen Starrsinn und in der

wild pochenden Angst vor dem Unbekanntem verhaftet:
missachtet,
gerader zu zerstört wird,
um das eigene Fühlen nicht zu fühlen,
Leben nicht zu leben,
weil das alte wie ein Spinnennetz eingewebt ist,
im Kopf und Verstand so stark verstrickt ist,
dass das Herz dabei fast unterwürfig ist,
nur noch normal funktioniert,
ein inneres Sterben dabei fast unumgänglich ist,
im schönen Schein der alten Gewohnheiten verirrt…

„STUMM SEIN IST KEINE OPTION“

LOS LAS SEN

Viele Jahre habe ich versucht,

klar zu kommen -

mit Verletzungen, Degradierungen oder auch einer plötzlichen Ignoranz

seitens Menschen,

die ich dachte zu kennen, zu lieben...

Viele Jahre habe ich versucht,

immer nett zu sein, freundlich und hilfsbereit -

so meine Werte gesteckt, mein ich gelebt,

so, wie ich dachte, zu sein...

Viele Jahre merkte ich nicht,

warum mir gegenüber grenzwertig gehandelt wurde,

meine Grenzen verwischt wurden,

ich nicht ´gesehen´ wurde...

Mir wurden Tipps gegeben,

ein Rat erteilt

- egal ob gewünscht oder nicht -

und immer wieder gesagt,

du musst los-las-sen,

dann geht es dir besser!

Viele Jahre habe ich dies versucht,
aber nie verstanden,
wie es funktioniert - was passieren muss, dass dies passiert.

NUN, nach so vielen Jahren,
bemühe ich mich nicht mehr,
so zu sein, wie andere mich gerne hätten,
mich vielleicht doch mögen würden,
um mein "ich" zu retten...

Jetzt, heute...erst vor wenigen Wochen,
wurde mir bewusst,
was passieren muss,
um ein LOS LAS SEN zu erhalten,
ganz unbewusst und ohne Wunden zu spüren...
sich einfach treiben lassen -
keine Angst mehr zu haben,
verlassen zu werden oder zu verlassen...
Leben einfach nur leben - und sich selbst zu spüren,
ganz zu leben!

NUR so kann es passieren,

Dinge, Sachen und auch Menschen zu akzeptieren, wie sie nun mal sind...

vergänglich, oftmals

- ohne fest zu halten -

plötzlich nicht mehr existieren -

einfach nicht mehr sind...

UND dann noch zu merken,

genau DAS ist eigentlich gar nicht so schlimm -

und macht nichts mehr mit mir.

es tut nicht mehr weh´,

weil ich nun

nach diesen ganzen Jahren

endlich mich auch selbst sehe...

Wie schön das ist, weiter gehen zu können,

Grenzen zu setzen und diese ganz alleine und selber halten zu können,

ohne Verlustangst bestehen zu können -

Liebe zu geben, zu nehmen...

und nur das JETZT genießen zu können...

LOS LAS SEN fühlen zu können -

und diesen enormen Gewinn:

endlich frei sein

und Leben zu können

…und dann macht alles plötzlich Sinn!

folge-störungen

immer präsent

stets wiedergeboren

abgelenkt

verdrängung bezweckte

lebenserhaltende maßnahmen

sicher verpackt im vergessen

versuchen geradezustehen

zu gehen

nicht umfallen

leben leben

nie mehr verstecken

bei sich stehen

sich sehen

nichts mehr vergessen

da sein

in watte gewickelt

sinne negiert

lebenschancen minimiert

signale überhört

manipulierte wahnehmung

lebenslang getäuscht

falsch programmiert

konditioniert

erzogen

nach fremd bedürfnissen

berührt

HART am WIND

seit Jahren segle ich

- trotzend der oft tosenden See –

in sicheren Gewässern,

um den Nachkommenden

eine ruhige Fahrt zu ermöglichen,

sie sind sicher

und

unter Deck geschützt,

dürfen natürlich auch mal hochkommen,

für immer längere Zeit,

unter sicherer Führung und oftmals ohne deren Wissen,

mit der Schwimmweste sicher vertaut…

ich habe mein Bestes gegeben und kann nun erkennen,

sie werden noch bessere Skipper sein,

als ich es je sein werde,

weil ihr Hafen in Sicherheit ist und war,

auch immer sein wird,

sie stets willkommen sind,

weil die Pacht lebenslang schon beglichen ist!

HART am WIND

immer mit Sonne und Sturm und viel Regen

in der Plicht kaum geschützt,

halte ich das Ruder dem Leben hier entgegen,

strebe trotzdem

dem sicheren und ruhigen Segeltörn entgegen,

davon einfach ausgehend,

dass ich nicht nur einen sicheren Hafen finde,

um anzulegen -

aber immer bereit an Land zu springen,

mit dem Tauende in der Hand

das Schiff fester als fest zu zurren -

um Sicherheit zu erstreben

und keinen Kampf,

die Skipper mit einem Segelschein entlassen zu können,

bereit ein eigenes Boot zu erlangen und

in See zu stechen,

mit den besten und sichersten Routen vertraut…

HART am WIND

die Nachkommenden

segeln nun gut,

sicherer und immer mehr allein,

so dass ich auch mal wieder,

ganz allein für mich segeln kann,

dieses neue unbekannte Gewässer,

machte mich erst ziemlich unsicher,

doch nun merke ich,

es ist nur wieder eine andere Route,

diesmal nur allein für mich…

stehe ich am Ruder,

wieder scheint kaum Sonne,

der nächste Sturm kommt bestimmt,

doch eins weiß ich nun sicher,

irgendein Hafen ist vielleicht für mich bestimmt,

ABER: die See ist mein Gewässer -

und meine Segeltour,

die ist einfach meistens

HART AM WIND!

„STUMM SEIN IST KEINE OPTION“

…ich habe meinen Kindern beigebracht:

lasse dir nichts gefallen,

sage deine Meinung,

sei ehrlich zu dir und Anderen,

stehe zu dem, was du denkst, sagst und fühlst –

wenn du jemanden kennen lernst: sei höflich und freundlich und respektvoll –

gehe mit Anderen so um, wie du willst, dass Andere mit dir umgehen –

sehe und lerne, so viel es nur geht…

lerne die Welt kennen und schätzen – immer!

GENIESSE den Augenblick, das Leben…

Wenn du was findest,

gib es ab, den es schmerzt, was zu verlieren…

achte auf die Umwelt, weil es so viele nicht tun UND wir sie zum Leben brauchen!

Liebe, so viel und so oft es geht – den sie bleibt nicht immer …

UND bitte überlege gut, bevor du zu jemanden sagst, „ich liebe dich“,

denn diese Worte bedeuten viel …

UND Herzschmerz, mein Schatz, tut sehr weh´ …

und Liebe bleibt - manchmal - auch nicht für immer,

obwohl ich es dir wünsche, diese Liebe für immer…

Wenn du zärtlich bist, Nähe hast, sei einfühlsam und liebevoll, achte darauf, immer,

dich und den Anderen wert zu schätzen, euch beide – und besonders dich – auch zu schützen,

Gefühle zu leben, wie sie dir und euch gegeben sind –

weil Gefühle geben und Gefühle leben, einfach was Wunderbares ist…

Freundschaft oft unentbehrlich ist, wenn das Leben manchmal schwierig ist…

Reden nicht immer richtig, aber oftmals hilfreich ist -

Denke daran,

nichts erzwingen oder mit Gewalt nehmen,

und jemand, der sich was mit Gewalt nimmt, nicht verschonen, denn es gibt keine schlechten Geheimnisse…

NIEMAND hat das Recht, einen anderen zu verletzen, egal auf welche Art und Weise!

Geh´ nur DEINEN Weg und höre auf DEIN inneres Gefühl,

sei du selber -

höre zu und achte auf deine Worte,

sehe, wenn jemand Hilfe benötigt und helfe, wenn du es kannst,

und selbst, wenn Andere nicht so sind wie du,

alles und auch die Welt verkehrt erscheint,

irgendwie überall Müll rumliegt,

wieder mal ein Mensch weggestoßen, diskriminiert und ausgegrenzt wird,

du traurig, deprimiert bist –

gib nicht auf! Nimm dir Zeit für dich, schlafe, ruhe aus und sehe, was falsch und was richtig ist…und gehe weiter:

Verstehen musst du nicht immer!

WICHTIG IST,

bleibe so, wie du bist,

denn das ist das Wichtigste,

ehrlich zu sich selbst sein können,

nicht von diesem Wege abzukommen,

einfach nur du sein,

UND das WICHTIGSTE: bleibe bei dir, immer!

UND nun möchte ich mich entschuldigen, falls ich mal ungerecht zu dir war, vielleicht nicht immer da war für dich, warum auch immer – wir gestritten haben, wir Meinungsverschiedenheiten hatten, die Pubertät für uns alle schwierig war…ich meinte es gut, immer – ich habe immer versucht – und versuche es noch -, dich zu schützen, vor allem, was verletzt…

dich zu beschützen und fit zu machen für ein Leben, welches nicht immer fair und liebevoll ist.

Das Leben, mein Schatz, ist oftmals schwierig und ich versuche auch, damit so gut es geht, zu leben…trotzdem, egal was passiert, ich bin immer für dich da – du bist mein Schatz, mein Kind – und ich liebe dich, egal was kommt oder was du tust, einfach so, für immer, WEIL ich so bin, wie ich bin UND weil du so bist, wie du bist und einfach ein toller Mensch geworden bist! Ich bin unsagbar stolz auf dich!

„STUMM SEIN IST KEINE OPTION“

Gedankenachterbahn

so viele Gedanken durchkreuzen meinen Kopf

sie lähmen mich im Ganzen

ich bin stumm

höre nichts um mich herum

die Gedankenachterbahn im Kopf

wirbelt vorwärts und rückwärts

ohne Ziel

ohne Halt

ohne Punkt und Komma

von A-Z in 0,0 Sekunden

ziellos umherstreifend

zwischen jetzt und morgen und gestern und wieder heute

konfus wechsel ich meine Altersstufen

ohne Halt in voller Lähmung und regungslos

verharre ich

Synapsen-ping-pong leiste ich sekundenschnell

ich durchkreuze die Jahrzehnte ohne Widerhall

ohne Emotionen und sachlich schaue ich meine eigenen Bilder

zu diesen ganzen Gedanken an

falle ins nichts

ins nirgendwo

ins nirgend wie

farblose Vielfalt von Farben zeichnen meine Welt

in einem Kartenhaus aufeinander auf

und fallen wieder zusammen

um sich wieder neu aufzubauen

wo geht es hin

wo komme ich her

wo stehe ich

durchkreuze meine Gedanken, meine Welt

und höre das Echo dessen laut widerhallen

zeitlos reise ich weiter

ohne Atem zu holen

ohne hinzufallen

weil ich gelähmt bin

von all diesen Gedanken

die mein ich zu Fall bringen

und bevor ich wirklich fallen kann

baut es mich wieder auf

und lässt mich leben

atmen

frei sein

für eine Weile

und nimmt dann wieder Gedanken auf…

„STUMM SEIN IST KEINE OPTION"

manipuliertes und konditioniertes „Ich“ -

Ich habe schon sehr früh gelernt, mit (bzw. ab) ca. 8 Jahren mit goldenem Besteck zu essen, in einem „gutem“ Restaurant das zahlreiche Besteck von außen nach innen zu gebrauchen, die Zigarren nach gut und schlecht zu unterscheiden und eine Havanna am Geruch erkennen zu können, an einem Pelzmantel die Echtheit sehen und fühlen zu können und was es für Yachthafen in Holland und Dänemark oder Frankreich so gab oder auch Segelkarten lesen und auch segeln zu können, dabei einen Caipirinha mixen zu können oder Cuba Libre, je nach Lust und Laune sowie das es sich gehört, auch mal nach dem Essen einen Cognac zu trinken –aber das eine Zahnbürste oder eine Flasche Wasser nicht teuer war, erfuhr ich erst mit fast 20! In Amerika!

Ich sah, das Wasserflaschen nur ein paar Cent kosteten, auch Zahnbürsten alle paar Wochen - und je nach Bedarf - neu angeschafft werden konnten (und ich habe immer gedacht, wie teuer die wohl sind als Kind…)…wieder in Deutschland erkannte ich total verdutzt, auch hier entsprach das den Tatsachen…und was für ein Denken mir vorher auferlegt wurde, ein schlechtes Gewissen mir gratis verschafft wurde, dauerte noch weitere Jahre – in diesem Sinne mein Über-Ich komplett konditioniert und manipuliert wurde, dieses für über 20 Jahre immer noch und immer wieder unerkannt und ungesehen mein Begleiter war, Manipulationen immer noch im Gedächtnis waren... unfassbar erkenne ich, mein Leben war eine Lüge – wie lebte ich!? Diese Welt musste ich leb bar machen – für mich!

Ich hatte das Gefühl, als erwachte ich und erinnere mich…zu essen gab es oben bei uns bei uns fast nichts, morgens zur Schule war keiner da, kein Essen und Trinken zum Mitnehmen, wir gingen zur Schule , mein Bruder und ich – ich brachte ihn zur Grundschule, ich liebte ihn, passte auf ihn auf und nahm immer gerne für ihn die Schläge im Kauf – ich beschütze ihn, es gab nur ihn für mich, blieb und lief nicht weg…!

Aber unten, bei ihm, gab es alles, Saft und Wasser und Essen und Eis und Brot und Wurst und Käse und Joghurt, doch ohne einen Schlüssel zu haben, gab es da kein Ankommen, an das Normalsein in diesem ganzen Wahnsinn der Gegebenheiten, die normales Leben für mich waren, einen so großen Platz, eine Riesen- Rolle in meinem Leben spielten, mich formten, die Entwicklung verhöhnten…und das „Kind sein" verstießen-

Ach ja, ich darf nicht vergessen zu erwähnen, das Schläge an der Tagesordnungen waren, ich gehorchen musste, egal um was und worum es ging und er uns in der ersten Nacht des bei ihm Schlafens schon mit einem Stock schlug, weil ich was trinken wollte...ich war ein kleines Kind, sechs oder sieben Jahre jung: überall wo er auch nur traf, mein Rücken und mein ganzer Körper voller blauer Flecken und Striemen war…dies hielt an, jahrelang, oftmals traute ich mich nicht, mich beim Sport in der großen Kabine mit den anderen Mädchen mich umzuziehen, tat dies in der WC Kabine, ganz alleine für mich, hoffte, dass nichts gesehen wird, hatte solche Angst entdeckt zu werden…

und ich begann, die Schule zu lieben, dort lieber zu sein als anderswo, weil dies ein Ort für mich war, wo mir nicht so viel passierte, außer die Hänseleien der anderen, weil ich halt anders war, nichts durfte –

Und „zu Hause" ging es weiter, jedes Vergehen wurde geahndet, egal mit was auf mich eingeschlagen, als der sexuelle Missbrauch zunahm, nahm der körperliche etwas ab, aber es wurde munter weiter geschlagen und Holzlöffel zerbrachen irgendwann auf meinem Rücken. Mit 15 dann, nach einem weiteren zerbrochenen Kochlöffel, stand ich auf und sagte, ich hole dir einen neuen, gab ihn meiner „Mutter" …und mit blinder Wut schlug sie weiter zu , dass ich es gewagt hatte, ihr dies anzutun!

Aber ich weinte nicht mehr dabei, es kamen keine Tränen mehr. Weinen konnte ich schon lange nicht mehr –

aber ich wusste nun, dies war besser als seine Besuche an meinem Bett und an und in meinem Körper, der sich fremd anfühlte, mir irgendwie nicht gehörte…

Noch immer ist es so, sehe, spüre du höre ich diese Erinnerungen - von weitem schon, erkenne daran, wie groß diese Lüge war, die ich gelehrt wurde zu leben, ohne darüber nachzudenken, dass dies alles normal für mich wa(h)r…

Jahrelang hatte ich die gleiche Zahnbürste, nur wenig Unterwäsche, kaum Socken…kaum etwas Anzuziehen!

Nur meine Mutter wusste dies für sich zu nutzen, bekam ich mal was neues, sagte sie zu mir, nimm dies oder das, hier, sieh, ich kümmre mich um dich, sieh´ doch, wie sehr ich dich liebe - das habe ich dir extra mitgebracht – wenn du das nicht magst, ich ziehe es dann an…eine weiße Jeans, eine Jacke zur Konfirmation oder ein paar Schuhe – in denen hatte ich mir die Füße zur Schule und auch wieder nach Hause blutig gelaufen in der 10 Klasse, ich traute mich nicht, diese auszuziehen, sie hat geschrien, erzähle mir nichts, die passen dir…weil auch 40 er Füße in 38 er Schuhe passen, na gut, ist halt etwas schief gelaufen - heilt schon wieder, ist nicht schlimm – und die Seidenstrümpfe musst du nun wohl entsorgen, schade auch: ach ja, Happy Birthday mein Kind – das ist zu deinem Geburtstag! Nicht schlimm, ich ziehe sie dann an und wenn du frische Unterwäsche brauchst, ziehe deine andersrum an – oder nimm meine, aber pass drauf auf, Satin und Polyester sehen nämlich besser als deine aus!

Noch heute kann ich es kaum glauben, wie sie diesen Verkauf und Verrat an ihrem Kind begann, mit mir, einem Menschen, der es wert ist, gesehen zu werden – was ich nun auch sehe und weiß und erkenne, nach so vielen Jahren des mir eingefleischten und eingeprügeltem Taugenichts-Scheiß!

Mit 13 dann, als die kindliche Entfaltung zur Frau begann, spürte ich ihre Eifersucht wegen des Mannes, der mich nun noch genauer anzusehen begann – wie war das bloß, warum!? Was passierte hier bloß?! Ich verstand das alles nicht…

Er brachte mir plötzlich was mit, gab mir Geld für ein Eis…sah mich immer merkwürdiger an, ich spürte es, es fühlte sich komisch, aber überhaupt nicht gut an…und nicht nur, wenn ich was Falsches gemacht habe, was immer passierte.

Er ging an mir vorbei und streichelte meine Brust, meinen Hintern und sagte dabei, der wird mal schön prall, hmmm, ist das geil! und drückte ihn leicht – ich war 12, 13…es hörte nicht auf und meine Geschichte nahm weiter ihren Lauf…er faste mich weiter an, auch vor anderen, seinen Freunden; Nachbarn, um zu beweisen, was für ein Mann er ist – und keiner half, auch sie nicht…was habe ich nur getan!?

Ich bin doch ihr Kind, …wieso half sie mir nicht, sah´ nicht, was passierte und wieso schnitt sie meine Haare so kurz, 10 cm mit der Maschine genügen und ein Kassengestell in zartrosa aus den 80er, großes Gestell – ach, und der Bundeswehr Parka vom Onkel, den ziehst du dann im Winter ´86/7 an, ich kaufe nichts anderes für dich, schau mal an, wie hässlich du bist, selbst schuld bist du daran. hättest du dir die Haare gebürstet, wäre das nicht passiert!

…ich fühlte mich schlimm, schämte mich, wollte nicht raus gehen und dann, am nächsten Tag, …

Was wurde ich ausgelacht in der Klasse, ich schämte mich, die Haare, die Brille, die Eifersucht meiner Mutter und das betüddeln durch ihn, der mich nun „sah"… er starrte mich immer so an und dann, wenn er nachts an mein Bett kam und dieses Berühren begann…siebte Klasse, 13 Jahre und der Horror begann, unsichtbar für andere, spürbarer für mich und ich fragte mich, warum kann er nicht einfach weiter mich nur schlagen, die Gewalt ist mir lieber gewesen, das wäre weniger irritierend für mich, ich schämte mich…zersplitterte dann, innerlich, vor allem bei dem Satz

„Du brauchst neue Schuhe?

Du weißt, was ich dafür will…“

und er hielt auf einen dunklen Parkplatz an der Autobahn dann an…

Was und wer bin ich, fragte ich mich dann und verlor mich in dem Akt, der nicht meiner war, das Kind langsam gestorben war, mit jeder Berührung an weitern Tagen mit weiteren Taten weiter verloren ging -

Es gab fast nichts zu essen oben bei uns…

ich aß gerne Obst und hatte irgendwie immer Hunger, wir waren meistens den ganzen Tag ohne Essen. „Mutter“ war kaum da, sie war immer bei ihm, sie gingen mittags essen und abends dann, kam er und sie mit gekauften Sachen an, es gab dann Steak und frisches Gemüse und Kroketten zum Beispiel, doch bis dies fertig war um 20 h, hatte ich schon keinen Hunger mehr, saß dann mit denen vor dem Fernseher.

20:15 h einen Film schauen, wir sind schließlich eine Familie, nein du bleibst hier, nach dem Essen sitzen wir noch schön zusammen, bleib mal hier…

Und immer noch mit Sätzen im Ohr, wie etwa, „von Weintrauben fett“ zu werden, wenn ich mir welche nahm: mit acht, neun und zehn, mit elf sie kaum noch anzusehen und mit Mitte Zwanzig sie nicht runter zu kriegen, mit der Angst es dann nicht mehr wert zu sein, geliebt zu werden – außer dem Angebot nach drei Geburten innerhalb von vier Jahren (und nicht erkannten Schilddrüsen- und Seelenproblemen, die das zu nehmen steigerten…) für 1000 Euro doch abzunehmen oder wieder die Tenuate zu nehmen, die sie mir schon mit 15 gab, das verhindert das zu nehmen: und es dann endlich Wert für die Mutter zu sein, auch auf ein Foto sie zu beehren - welches dann in ihrem Laden hängen darf, um es den Kunden und der Familie, den Freunden ggf. auch stolz zu präsentieren…was nun und auch seitdem nicht gegeben war, weil da der Bruder hing, der in den USA nun war, länger und vorzeigbarer als das „andere Kind“ – weil das schwarze Schaf nicht mehr formbar und auch erstaunlicherweise, wie komisch, nicht käuflich war…unverständlicherweise, weil dies war ja Familientradition und überhaupt nicht weise!

Und wenn ich so nachdenke, über dies und das, was mir so passiert ist, was ich erlebt habe, kann ich nur den Kopf schütteln, mit viel Erstaunen und Verwunderung, wie viel Zwang und Macht ausgeübt wurde, nur um ein kleines Kind zu unterdrucken, sich Gehorsam zu erzwingen, jahrelang abzuschotten, Entwicklung zehn Jahre lang zu stoppen…dabei ist es so leicht, ein Kind zu lieben, beim Wachsen zu zu sehen und diese Entwicklung zu sehen, zu bestaunen, wie schön dies ist– und doch muss es zu viel gewesen sein, zu viel an Verantwortung, an dem eigenem Erlebten, einer Familien-Tradition, einem Feige sein, einfach zu zugeben, dem Ganzen nicht gewachsen zu sein, dem Kind einfach Leben zu schenken, eventuell an Adoption zu denken – und aus einem schrecklichen Kreislauf selber auszubrechen…doch so ist es gewesen, es wurde stagniert, leben und Veränderung ignoriert, nur der eigene Drang nach Macht und Reichtum nachgegeben, ohne Rücksicht auf kleines Leben, welches etwas Liebe und Fürsorge gebraucht hätte, keine Schläge und Seelenwunden, die nicht mehr vergehen…

Es gibt keine Entschuldigung dafür, kein Verzeihen – es geht hier nicht um einen kleinen Fehler, es geht hier um Machtmissbrauch und Mutterschaft, Verantwortung für Leben, genauer gesagt für zwei, meinem Bruder und mich…wobei der besser gelebt hat, auch traumatisiert, sich aber besser eingegliedert hat, nicht sexuell ausgebeutet wurde, nur dies zu sehen dabei blieb ihm nicht erspart in den ersten Jahren, bis er ein eigenes Zimmer hatte und ich weiter bei meiner „Mutter“ ein Bett hatte, einen Schrank – ihre um genauer zu sein – hatte, „geliehen“ für die Jahre da:

ich hatte nur einen Schreibtisch in ihrem Schlafzimmer, den bekam ich von Oma und Opa, mit sechs zum Schulanfang in dem, welches irgendwie immer mein Zimmer war, außer es gab Streit, Vollmond, dann schlief sie oben bei uns, in ihrem Zimmer, das dann nicht mehr meines war, machte ein auf gute Mama, kuschelte sich an, was mir so zuwider war -

Das „Leben" ging weiter, die Wahlscheibe des Telefons wurde mit einem Schloß versperrt, wir konnten nicht mehr telefonieren, wurden abgetrennt von der Familie, es ging nicht mehr zum Vater, nach der Schule nach Hause und lernen und weil das bei dir nicht klappte, gehst du nun mit, mit in sein Büro, 7. Klasse Realschule ist ja wohl zu schaffen: ich zeige dir wie, bring dir alles bei, was du brauchst, notfalls mit Gewalt – und er nahm mich mit, jeden Mittag in sein Geschäft, ein Jahr lang, so wie weiterhin nachts. Und ich spaltete alles ab, egal wo wir waren und wann, er kam immer an mich dran, ein Versteck gab es nicht, keinen Schutz, 365 Tage im Jahr wurde ich entdeckt, mehr und mehr

Erinnerung wurde verschoben, sonst hätte ich es wohl nicht geschafft…

Überlebt zu haben, dieser ganzen Qual, die mir anhängt, egal wie lang - ist es doch erstaunlich zu sehen, dass es nie vorbei ist oder sein kann, weil das Leben und der Körper nichts vergisst, immer erinnert mich irgendetwas, irgendjemand dran – dabei dachte ich, juch-hu – bin bald 35! und mit 40 wird es besser sein!

DANN ist das vorbei, bin dann irgendwie voll erwachsen, alles geht vorbei…doch vergiss das mal schnell wieder, Alter ist dabei nämlich so was von Scheiß egal – weil es kein Alter für Folgen gibt, auch wenn man mal zu einem Polizeirevier geht, alles zur Anzeige gibt, denkt, nun ist es bald vorbei, ich bekomme Recht, ich habe keine Lügen erzählt, ICH bin endlich frei!

Doch auch das stimmt nicht, weil recht zu haben und Recht zu bekommen zwei Paar Schuhe sind…

die „Familie“ einem einfach vergisst, man unwichtig für diese geworden ist – einfach aus deren Leben ausradiert ist, weil er und sie noch da sind, Gold versprühen und Lügen leben und doch so tolle Geschenke und Partys – und diese länger Leben leben, als einer Aussagen vermag – bis zum jüngsten Tag!

Nun ist es so, dass alles verloren scheint, das „Allein-sein“ - trotz Kinder – die Erinnerung an Familie hintergeht, obwohl es so und nicht anders geht, weil Kreisläufe zu durchbrechen vom Leben selbst und deren Entscheidungen lebt, bestehen muss - nur dies ein Weiterkommen und Durchbrechen von Traditionskreisläufen und eine Weitergabe an die nächste Generation verhindert, diese dann glücklicher und fröhlicher leben und fühlen lernt und kann – weil eine Utopie lahm gelegt ist, die längst ausgedient hat…Qualen und Schmerzen genug erduldet hat – auf so unsagbar traurige Weise Leben genommen und zerstört hat. Aber die Hoffnung und Liebe wurde weitergegeben, sodass ein Glauben an das Gute bestehen kann – und Böses böse bleibt, selbst wenn es immer verschwiegen wird und ein Geheimnis bleibt, eine Familie für immer zerstören kann…

Erkenntnisse über Richtig und Falsch ein Leben verändern kann, wahr nur wahr sein kann und bleibt, egal wie viel man daran versucht was zu ändern…

Ich habe überlebt, eine sehr schlimme Zeit und kämpfe mit den Erinnerungen, mit den Folgen dessen, die mein Körper und mein Leben veränderten –

und verändern, weniger grausam als zu der Zeit der Erinnerungsschübe, nicht zu gewaltsam, als der Körper, die Psyche rebellierte…aber doch so einschränkend, dass ich anders lebe als andere es „normal“ empfinden, weil ein Normal sein für mich nicht vorhanden ist und wa(h)r – nie sein wird!

Aber nun komme ich irgendwie klar, oftmals reißt es mich noch raus, dann geht es mir schlecht, aber ich habe gelernt, auf meinem Körper und auf meine Intuitionen zu hören, zu glauben, wenn sich was „komisch“, nicht richtig anfühlt…ich habe viel gelernt und bin noch dabei, meine Reise geht weiter…aber ich will alles erzählen, erklären, warum es so schwer ist und sein kann, mit Erinnerungen zu leben, die keiner eigentlich gebrauchen kann und haben will – sie aber wahr sind und ich Kreisläufe durchbrochen habe und meine Kinder dadurch vor so etwas gerettet habe!

Es ist wichtig, aufzuklären, Menschen sehend zu machen für Sachen, die unsichtbar sind: **Der Missbrauch hört nicht mit dem Missbrauch auf, sondern beginnt erst mit den Folgen zu leben – denn er hört ein Leben lang nicht auf!**

Pubertät

viel Entwicklung

innen und außen

ungesehen

bewundert und erkannt

aus Kindern werden Leute

unbewusst und doch mit viel Verstand

viel aufnehmen

nicht Fisch nicht Fleisch

unwohl und zufrieden sein geben sich die Hand

alles sehen, nichts mitkriegen

vieles erleben, einiges nicht sehen

groß sein wollen

klein sein wollen

überall dabei sein wollen,

Grenzen auferlegt

widerwillig Verbote ausgesprochen

im besten auferlegt

dem Willen trotzen

Streit entfachen

Türen schlagen

Grenzen setzen

zu allem Besten

Liebe geben

immer da sein

verlassen werden

anerkannt werden

erwachsen sein

leben sehen

leben lassen

begleiten

auch mal hassen

Neues entsteht

Liebe entfachen

neues Leben

neues Erwachen

Körper sehen

gedeihen lassen

einfach alle sich entfalten lassen

Mut zum Streit

zum Frieden schließen

Fehler sehen

Tränen vergießen

„STUMM SEIN IST KEINE OPTION“

Liebe geben

ohne Antwort leben

Entwicklung kommt

dem Leben entgegen

Jeder Tag ist anders

Ich wache auf und mir geht es „gut“, bin müde, aber das kenne ich ja schon. Mir tut alles weh, auch das ist jeden Tag so. Schränkt mich alles sehr ein - trotzdem stehe ich auf und beginne den Tag. Versuche jeden Tag aufs Neue, den Alltag zu leben...

Auch das kenne ich, wie schwierig das ist, aber ich mache es, beginne jeden Tag aufs Neue.

Weil es sein „muss“, für meine Kinder, für deren Leben - und mittlerweile auch wieder etwas für mich.

Aber dann gibt es Tage nach Nächten, die ich kaum ertrage, mich erkalten, erinnern, bewusst werden lassen, was ich vergessen habe und wie es ist, wenn wieder nichts ist... und alles bewusst in den Vordergrund rückt, „du“ mich erinnern lässt, hinter einer dicken schmerzenden Milchglasscheibe voller Nebel in diesem langen Irrgarten der Erinnerungen... ob ich es will oder nicht, weil es einfach ein Teil von mir ist und *niemals* auszuschalten ist.

Ich höre dann und wann, „gehe weiter“, „Arschbacken zusammenkneifen“ und „ignorieren“, „lass es endlich los“ - „du hast so viel geschafft, das schaffst du doch mit links“ und bin davon echt überrascht und denke, spinnen die!? Das ist doch genau das, was ich gemacht habe, versuche und am liebsten auch leben möchte...fassungslos lasse ich die Worte immer wieder im Kopf herum fahren... und es entmutigt mich, wirklich weiter zu machen mit all dem, wie es gerade mal so ist!

Das dies aber nicht so geht, ich es ja eigentlich immer so gemacht habe und mein Prinzip „Augen zu und durch“ durch alle Schwierigkeiten hindurch, nicht mehr geht, zeigt doch deutlich mein totaler Zusammenbruch, nach dem gar nichts mehr ging, ich überhaupt nichts mehr kontrollieren konnte - es kein Wollen und Können mehr gab... Mein Kopf, meine Psyche mich einfach „ausgemustert" hat, weil es alles einfach nicht mehr verdrängt werden konnte und auch mein Körper bereits als erster aufzeigte, da ist was, schau hin (!), was in dir passiert - was du nicht mehr weißt, weil es so gut versteckt ist in dir. Aber ich habe es nicht gemacht, nicht gekonnt, weil ich meinen Körper weder fühlen konnte noch ernst genommen habe... niemals!

Warum auch?

Als ich mal fühlen konnte, wurde ich verletzt, degradiert, nicht beachtet und es wurde mit mir das gemacht, was andere brauchten, um ihre Bedürfnisse zu befriedigen - in jeder Hinsicht psychisch, physisch und seelisch - über 10 Jahre mannigfach missbraucht.

Damals, als alles begann, warst „du" noch zu klein, zu jung - ich habe dich gerettet, es verdrängt, vergessen werden lassen.... dich so gestärkt, dass du überlebt hast, jeden verdammten Tag, über 20 Jahre danach!

Nun, über 20 Jahre später, bist du nun so weit, du bist erfahren genug, um nun damit umgehen und leben zu können, auch wenn es dich raus wirft aus allem, was du bisher kennst, du „Leben" genannt hat!

Mit dem „funktionieren" ist es nun vorbei, nun musst du endlich spüren - also SPÜRE das, was war, wie es ist missbraucht zu werden, im Stich gelassen, manipuliert, hintergangen und verraten und von der Familie ausgegrenzt und nicht gesehen zu werden!

Dies genau ist der Weg, um dich endlich zu fühlen, dich zu finden und sein zu können, wie du tief in dir bist und sein kannst.

Spüre dich - egal was alle sagen! UND fühle DICH endlich, mal ganz alleine, ganz bewusst, ohne dieses ganze konditionierte und manipulierte Zeug, was du gelernt hast.

Aber erst einmal musst du dadurch, durch diese ganze tiefe Traurigkeit, die Erkenntnisse, die diagnoselosen Schmerzen und die Depressionen, die Einsamkeit, des „nicht-Verstehens", des verlorenen Selbst-Gefühls und des nie gewesenen Selbst-Wertes!

Spüre dich, bleibe bei dir... und sehe, was war und ist und finde heraus, wie *du* eigentlich bist und was *dich* ausmacht - und was *du* willst vom Leben!

Und damit du nun auch dabeibleibst, nehme ich dir deine Stärke weg, deinen Verstand, deine Konzentration, deine komplette und kräftige Lebensenergie und die Fähigkeit, immer alles zu schaffen ohne Hilfe - und natürlich deinen starken Willen, alles auch ALLEINE zu schaffen - und dann sehe, spüre und fühle!

Ich nehme dir alles - und gebe dir erst einmal nichts!

Nun musst du herausfinden, was los ist, was in dir und mit dir passiert ist und wo du nun stehst, was du bist!

Der Zusammenbruch ist vorprogrammiert, du verlierst alles - deine Kinder geben dir noch etwas Halt, auch wenn es dann mit allem und jedem in deinem Leben schwierig wird und ist!

Du wirst aufgeben, dich umbringen und tot sein wollen - doch genau das ist der Weg, denn du brauchst, um dich zu finden ---

---

Ich habe alles verloren.

Am meisten mich selber, weil ich dachte, ich bin so, wie ich bin und das ich mich nie gefühlt habe, wäre normal. Ich bin mir immer hinterhergelaufen, überholte mich oft selber ohne zu sehen, was ist. Und vor allem, ohne es zu fühlen.

Und jetzt!?

Jetzt ist jeder Tag anders. Ich fühle alles, alles schmerzt, gibt mir Erinnerungen, immer mehr und oft habe ich das Gefühl, ich halte es nicht mehr aus und es muss nun ja auch mal Schluss sein mit allem...aber es ist ein Fass ohne Boden, ein schwarzes Loch, endlos im komplexen System meines Ichs festgebunden und immer wieder Impulse abgebend, die mich und meine Welt wieder in Frage stellt, ohne eine gewisse Altersgrenze einzuhalten, die alles einmal vergangen sein lassen wird.

Das einzige, was verlässlich ist, ist, dass es nichts Verlässliches gibt, was mit den Folgestörungen meines Missbrauchs in Zusammenhang steht und dies niemals altersbedingt ist und mit ´nicht-wollen´ oder ´nicht-können´ nichts zu tun hat.

Der erlebte Missbrauch ist meine unsichtbare Behinderung, meine unsichtbare Einschränkung und ein oft unsichtbarer Teil meines Lebens, der sich immer wieder, immer mehr und egal wann

und egal wo

und auch egal wie,

immer wieder in meinem Leben entfaltet,

ob ich will oder nicht

und auch, ob ich kann, oder nicht -

all das spielt keine Rolle,

weil dies ein (unsichtbarer) Teil von mir ist,

der weder kontrollierbar noch steuerbar ist.

Er ist.

Nicht mehr und nicht weniger.

Wie meine Sprache, mein Lachen, meine Traurigkeit…

und jeder Tag ist anders.

erschöpfte Tage…

Manchmal habe ich so erschöpfte Tage, da weiß ich einfach nicht, wohin mit mir…

da bin ich so erschöpft, da stehe ich mir selber im Weg… bin in Gedanken schon weit weg,

stehe nicht mehr hier.

An erschöpften Tagen nervt mich der klingelnde Postbote, das Paket der Nachbarin, der Rasenmäher von gegen über und ich wünschte mir, ich wäre irgendwo in Stille, hätte Ruhe vom Leben,

oft auch Ruhe vor mir!

An diesen Tagen kann ich kaum aufstehen, ein „müssen“ scheint nicht zu vergehen und die Pflichten drücken mich nieder, wie der größte Hinkelstein, der nie zu heben ist - und Obelix ist nicht in Sicht!

Ich bin erschöpft, kaputt von den alltäglichen Alltäglichkeiten, den Pflichten und den Aufgaben und wünschte mir oft, ich müsste etwas weniger tragen, etwas weniger betroffen sein.

„STUMM SEIN IST KEINE OPTION“

Schlafende Nächte

werden zu wachen Stunden:

wiederkehrende Gedanken

mit allem verbunden, was so unterbewusst lauert,

tief versteckt,

blitzend Einblicke gewehrt,

immer dann, wenn man es nicht vertragen kann,

Stabilität gefunden hat,

sich selber besser halten kann, etwas sicherer hinaus ins Leben geht, was eigentlich eher für die Anderen steht,

Selbst einfach oftmals kaum zu ertragen ist –

die Tage wieder hell sind

und die Nächte normal…

werden die schlafenden Nächte zu wachen Stunden,

Zeit heilt keine Wunden,

erst recht nicht die, die unsichtbar sind für alle:

gut versteckt unter der Haut, die die Seele spiegelt,

offensichtlich nicht verändert,

offensichtlich gut gebaut…

merkt sie sich alles und packt irgendwann alles einfach aus,

ohne Rücksicht auf Verluste und das, was gerade ist:

alle Garantien, die jemals gegebenenfalls gegeben,

heben sich dann unaufhaltsam auf
und zerstören unaufhaltsam wie ein Tsunami
das ganze Leben, jedes Fleckchen wird unterspült…
schlafende Nächte werden zu wachen Stunden,
nackt und leer mit keinem Leben verbunden
es hebt sich alles wieder auf –
ein Stückchen älter,
ein Stückchen wacher
und immer mehr mit dem Wissen
dass dem kein Kraut gewachsen,
es kein Herauswachsen daraus gibt,
auch die Zeit dies nicht besiegt,
sondern nur der Tod diesen Kreislauf besiegt,
der mit den Jahren zwar nicht gewohnter,
aber zugehörig wird,
weil es zum Leben dazugehört,
wie die wachen Nächte, der die Tage zerstört,
den gefundenen Alltag durcheinanderbringt
und wieder einen Kreislauf sein eigen nennt…

schweben…

früher, wenn das kopflose Gefühl mich überschwemmte, ich nicht mehr konnte, alles nicht mehr tragen kann, habe ich es einfach liegen gelassen, bin aus mir raus gegangen, war losgelöst von allem, war losgelöst von mir…sah mich da unten liegen, verkrampft, benommen, von seinem Werk, mich anzufassen, ich sehe weg,… wünschte, ich könnte ihn weg schubsen, wegschubsen aus meinem Bett, ich bin alleine, meine stummen Schreie hört keiner, keiner sieht es mir an, dabei fühle ich mich so gezeichnet… er greift unter meine Decke, um sich meinen Körper zu nähern, ihn zu berühren, dreckig zu machen mit einem Anfassen, was nicht bestimmt ist für ein Kind, nie sein sollte, es nicht wahr sein kann, ich fühle Schmerzen, überall schmerze ich, wo ich berührt wurde von ihm, er fasst mich an, hält meinen Mund feste zu, ich atme schnell, ich schreie, stumm, in mir - sehe kein Licht, sehe nur ihn über mir, ich will weg, kann nicht gehen, bin gefesselt in dem Geschehen, sehe mich einfach nur liegen, verstehe nicht, warum reagiere ich nicht, ich bin so klein…ich fühle mich schwerelos, sehe, was geschieht und auch wieder nicht, schwebe davon, drehe mich um, weil ich es nicht ertragen kann, mich zu sehen, hilflos und stumm…schwebe fort, bin irgendwie weg…

SPIRALE NACH UNTEN

wieder einmal sitze ich hier,

schließe die Augen,

kann es einfach nicht mehr ertragen

die Gefühle nicht mehr balancieren zu können -

abwärts zu fallen,

nicht mal mehr gleiten zu können,

tiefer zu fallen,

sterben zu können –

es ist doch nicht zu fassen,

immer und immer wieder für alles

so kämpfen zu müssen,

wie soll das denn ein Mensch

auf Dauer nur ertragen können,

ausgebrannt und verbrannt fühlen zu können –

ich falle,

sehe mich liegen,

auf dem Boden der Tatsachen,

aufblickend, auf einen Lebensrand

den nicht ertragen zu können –

weil er zu dünn ist,

um darauf auf Dauer

normal gehen und laufen und leben zu können…

und wieder einmal drücke ich mich hoch,

sehe nach oben,

die Vögel fliegen über mir hinweg,

Menschen spazieren lachend vorbei –

sehen mich liegen, denken nichts dabei –

das Leben geht weiter…

eine Pause entsteht, die so lange dauert, wie sie den dauert…ich ruhe in der Zeit -

ich schließe die Augen, sammele etwas Kraft, drücke mich nach oben,

stehe wackelig auf…

bleibe nicht kampflos liegen,

stehe auf…und sehe hinauf: ich mache einen Schritt vor dem nächsten,

ich werde nun überlegen…

Altes beiseitelegen, aussortieren, was ich brauche und was nicht -

gehe wieder hinauf ins Licht, schütze meine Augen vor dem grellen Schein -

Pausen einlegen muss ich wohl,

um nicht die Übersicht zu verlieren,

mich nicht zu schnell sinnlos zu verlieben,

vorsichtig sein…

das Leben langsamer zu fühlen, langsamer zu leben und dabei jede Sekunde

mich nicht mehr zu verlieren,

ich will nun endlich mal siegen!

…wenn ich versuche zu konstruieren,

wie es war,
als Kind zu funktionieren,
ohne einen chronologischen Plan zu eruieren,
komme ich nicht umhin,
die Dinge genauestens zu formulieren
so, wie sie nun mal gewesen sind:
Konditionierung im Höchsten Maße auferlegt,
perfektioniert und gelebt,
nur zu funktionieren war des Lebens Sinn,
zu gehorchen und zu machen,
Befehlen Folge zu leisten,
ohne Intuitionen nachzugeben -
sich in allem beugen lassen,
das Über-Ich stark ausgeübt
regieren lassen,
ohne Nachzudenken die Erwachsenen einfach machen lassen…
und wenn jemand – also ich –
aus der Spur lief,
was aufgrund von dem kleinen ich der Rebellion
selten schon mal gegeben war,
wurde
- nach altem Deutschtum -

Schläge mit allen Mitteln,
einfach Gewalt verherrlicht,
weil geschadet hat es ja nie…
Wenn es nur dabei geblieben wäre,

denke ich manchmal,
hätte ich vielleicht angenehmer leben können …
doch als i-Tüpfelchen oben drauf
wie bei einer geplanten Viehauktion ,
machte Mutter Kuh die Augen zu,
sah bewusst nicht hin,
als sexuelle Ausbeutung ihres Kindes,
verkauft durch den Erhalt von materiellen Lebenssinn,
und immer nur betörend,
die Augen bewusst verschließend,
verscherbelte sie ihr Kind,
ihm ganz zu gehören,
gehörte sich so,
auch bei ihrem Kind –
ein Kosten-Nutzen-Plan auf irreparable und unsichtbare Schäden
gab es nie,
machte auch keinen Sinn –
den was hinter her so ist,
woher es kommt,
will niemand eruieren,
Hauptsache der Plan geht auf:
Gold sprang dabei heraus!
Scheiß was aufs Kind!
das zieht ja irgendwann aus!
Aus den Augen, aus dem Sinn:
nur so macht das Leben wirklich Sinn…
und bedenke, das,
was früher war,
ist sowieso nur halb so schlimm!

„STUMM SEIN IST KEINE OPTION"

Alles ist prima.

Mir geht es gut. Ich absolviere Leben. Erledige die Dinge des Alltags.

Arztbesuche, zum Stammtisch…

Ich bin froh. lerne, wie es ist zu leben, so, wie es gerade ist.

Es funktioniert wieder. Ich funktioniere wieder. Ich kann es wieder…

Mache Papiere, erledige Telefonate, bereite das Mittag- essen vor. Es läuft.

Ein Anruf.

…und ich bin durch. bin plötzlich im Tief drin, komme nicht mehr an mich dran, schwitze, friere. wo bin ich, was wollte ich!?

Weiß nicht mehr, was ist und was gewesen ist…

Ich bin weg, kaum spürbar, völligst müde und irgendwie nicht mehr da… Nebel macht mich nicht mehr fassbar, Watte im Kopf löst das Denken ab, ich fühle mich schwach, leer, nicht greifbar - ich bin stumm,

Worte sind mir zu viel und Leben auch, schalte den Ton ab, ich halte es nicht mehr aus.

Ich brauche mein Bett, ziehe mir die Kleidung aus und lege mich hin, ziehe die Decke feste um mich.

Ich bin gerettet.

Auf meiner Insel…und falle ins bodenlose…ich bin weg…

Woher weiß ich,

welcher Weg der richtige ist,

wenn ich einen gehe und irgendwann keinen Sinn sehe,

stehen bleibe!

mich umschaue -

und das Gefühl habe, etwas stimmt hier nicht!?

Traue deiner Wahrnehmung, höre ich dann wieder im Ohr…

doch wem soll ich wie trauen,

wenn ich diesen Wegen nicht mehr traue,

dabei meine innere Sicherheit, meine Wahrnehmung verlor!?

ungelernte Werte zu verinnerlichen,

auf der Suche nach der Wahrheit,

dem Leben –

was soll das alles bringen, geben!?

Ich glaube, dass es so nicht funktioniert,

etwas anderes gefunden werden muss,

was nicht stirbt, Vertrauen missbraucht, sterblich ist,

wie leere Worte und Versprechungen,

die einem den vertrauten Weg nicht mehr vertrauen, sehen lassen,

Unsicherheit verschaffen –

weil er nicht mehr richtig erscheint,

obwohl er doch so innerlich zufrieden macht,

glücklich fühlend macht -

die Hand losgelassen wurde,

einsam und allein zurückgelassen wurde,

an der Kreuzung der Sterblichkeit,

mitten drin sehe ich mich erstaunt, verwundert um,

wieder am Endpunkt angelangt,

wie eine Spielfigur ausgewechselt, ausgetauscht,

achtlos an die Seite gelegt,

weil die Vertraute und Gewohnte,

so viel Alltag, Normalität hat, integriert ist in ein Leben,

was Sicherheit und Vertrautheit gibt –

weil alles andere

der Realität nicht entsprechen darf,

diesen Weg man nicht so gehen darf –

obwohl er doch voller fruchtiger Bäume, Blüten, grüner Blätter war…

ohne Dunkelheit, ganz wunderbar…

woher weiß man, welcher Weg der richtige ist,

wenn der gewählte,

so,

wie die anderen zuvor,

keinen Sinn mehr verspricht!?

„STUMM SEIN IST KEINE OPTION“

verlorene zeiten

wie oft ist es nun schon vorgekommen dass ich verloren bin in erinnerungen schüben von bewegungslosigkeiten in watte gepackt sein und hilflos dem ganzen gegenüber zu stehen…immer dann wenn es gerade läuft läuft es wieder nicht und ich bin gefangen in der zeit die verinnt schonungslos hingerichtet ohne zu sterben festgehalten in dem moment des entsetzens der starre endlose angst und schmerz todeszelle ähnlich ohne ziel vor augen auf die lange wartebank geschoben mit der auswegslosigkeit vor augen die nie endet und immer da ist um mich wieder zu lähmen vor entstzen dessesn was passiert ist und immer mein wegbegleiter ist und sein wird in dem momenten des weg seins allerdings nicht mehr bewusst ist sondern als gegeben hinzunehmen ist todesgleicher zustand im funktionionsmodus eingeschaltet bleiben müssen um zu funktionieren dem alltag zu begegnen irgendwie zu leben in mir aber eine todesangst vor dem aufwachen welches ich nie erleben werde weil die mechanisemn so gut funktionieren und deplaziert sind in einer welt die nur von äußerlichkeiten lebt und dinge projiziert die nie wirklich sind…

ich bin in mir in watte gepackt fühle mich weit weg sehe mich selbst nicht und spüre nichts oder alles in einem endlosen schmerz der körperwahrnehmung der bewegungsunfähig werden lässt mich älter als alt erscheinen und fühlen läßt mit keinerlei hoffnung das es bald vorbei ist und ich endlich wieder minder gut atmen kann…ich komme da gerade nicht dran im karton der unbeweglickeit und des funktionieren müssens sterbe ich tausend tode des alleinseins und des stummen schreiens in mir selber…ohne auf die hilfe anderer hoffen zu können weg sein und keinen ausweg aus diesem nebel labyrinth der pein zu finden mit diesen schrecklichen krallen die mich immer wieder einfangen und kaum atmen aber alles und nichts spüren lassen…ich will weg sein schlafen nichts mehr spüren vielleicht überlebe ich so die verloren zeit die mein ich it so viel leichtigkeit bekämpft und zugrunde richtet dieses ganzen schönen gefühle des

lebens der hoffnung und der freude die ich spüren durfte…ist es wieder vorbei
damit und stehe wieder am anfang und muss neu beginnen tief im schlamm
steckend der mein leben war und immer wieder mich sumpfartig niederzieht
immer dann wenn es läuft läuft es wieder nicht und ich fühle mich verraten
verraten durch mein eigenes ich und stehe verlorenen zeiten gegenüber…

ANGESCHOSSEN

…wie ein angeschossener Vogel im Schnee

liege ich,

mein Blut fließt langsam aus mir hinaus,

rötet den Schnee u mich herum -

dieser Schmerz…schleicht an mir hinauf,

macht mich traurig, so stumm…

ich bin verletzt,

so tief innen,

wärmende Schmerzen

ziehen mein Leben hinaus…

meine Sinne schwinden,

ich gehe hinaus, sehe mich da unten liegen…

und wünschte, ich könnte wieder fliegen

ganz weit,

ganz hoch hinaus…

Verdrängungsmechanismen

Solange Verdrängungsmechanismen arbeiten,
besteht keine Aussicht auf
Einsicht in die Vergangenheit,
besteht keine Aussicht
auf Besserung von stagnierenden Verhaltensweisen,
ist das Leben so wie es ist,
auszuhalten, weil bekannt
und leb bar…es ist bekanntes Terrain…
wenn plötzlich Dinge passieren, die das eigene Sein hinterfragen,
man vergangenes erinnert,
was verschollen, verdrängt war…nicht erinnert!
und auch nicht wahr, einsehbar…wa(h)r..
stellt es das Leben auf dem Kopf –
bekanntes wird unwahr, nicht mehr wahr
nicht mehr leb bar und man muss sich aufmachen,
sich selber zu finden,
klarer zu sehen…
und vieles zu erkennen, einzusehen…sich selber zu verstehen!
Verdrängungsmechanismen arbeiten nicht mehr,
schützen nicht mehr,

wenn es an der Zeit ist aufzubrechen,

sein Leben zu leben, anders, einfacher

vielleicht nicht besser,

aber freier als es jemals war….

Verlorene Sehnsucht…

ich wollte immer nur erwachsen sein,

alt genug, um auszuziehen,

und endlich frei zu sein,

nicht mehr mit Angst einzuschlafen

und immer das Gefühl zu haben,

ausgeliefert zu sein…

ich hatte keine Sehnsucht danach,

Kind zu sein…dachte,

ich habe vielleicht - irgendwann - die Möglichkeit

Freiheit zu fühlen,

vieles nachzuholen

und vielleicht auch mal zu spielen,

wenn ich die Zeit habe,

ich selbst zu sein,

mich gefunden habe,

mal ganz im Gefühl zu sein…

Je mehr die Zeit vergeht,

ich älter werde,

desto mehr muss ich feststellen,

dass das Gefühl,

nicht spielen zu können

verloren ist…

ein „Klein sein“ nicht gegeben ist

SOWIE

die Zeit nicht zurück zu drehen ist,

wie so vieles,

einfach gestorben ist…

zehn Jahre verlorene Sehnsucht

für immer zerstört…

in der Gedankenwelt

meines alten Ichs

für immer irreparabel gefangen ist –

und diese gedankliche Freiheit

nur ein schönes Wort geblieben ist…

und ich keine Sehnsucht danach habe

wieder Kind zu sein

UND

durch den ständigen Kampf ums Überleben

ich die Fähigkeit verloren habe,

auch mal klein zu sein…

Ich kotze mich selber an

ertrage mich nicht

ertrage diese Umstände nicht

will wieder normal sein, arbeiten gehen, mich vollwertig fühlen in diesem Leben, mit anderen sein können, lachen können...gesellschaftsfähig sein!

Ich kotze mich selber an, alles ist und wird mir zu viel und nichts ertrage ich dann, mich am allerwenigsten -
Ich will das hier alles so nicht mehr, dieses etwas machen und dann Kopfschmerzen bekommen...erschöpft sein und erst einmal Stunden schlafen müssen, um wenigstens etwas Erholung zu finden. Ich kann nicht mehr und dieses kann nicht mehr ertrage ich heute nicht mehr. Ich bin mir gerade zu viel und stehe mir selber im Weg...geh mir aus dem Weg und lass mich endlich frei sein - von mir, dem Leben und diesem ganzen „völlig im Arsch zu sein"...
heute kotze ich mich selber an!

Zeitrechnung Null

...es ist wie es immer ist,

irgendeine Stunde eines Tages nach der Zeitrechnung Null - nach dem Crash, dem Zusammenbruch, dem Burn Out: dem „nicht mehr können", von Wollen ganz zu schweigen...dem, allein schwimmen, ohne schwimmen zu können in dem größten Ozean der Welt.

Es IST jetzt, wie es JETZT ist - dass damals einfach weggewischt, nicht mehr da - wie in eine Art Wachkoma liegend, alles mitbekommen, doch nichts mehr greifen, bewegen, sagen zu können.

Wahre Tatsachen und Gegebenheiten werden unwahr, wie nicht erlebt, sondern irgendwo mal gesehen. Es wird nicht mehr gespürt, wie es mal war, sondern nur noch, wie es ist. Mit einem stillen Sehnsuchtsschmerz vermischt, der einem Ursprung entstand, der gefaked war, von Anfang an - vielleicht doch nie wirklich war?!

Wie soll es weiter gehen, Zukunft planen ohne Zukunft zu spüren? Leben leben, ohne zu leben...wie soll das gehen? Wie soll man den Wind spüren, der nicht weht... oder die Nässe des Regens spüren, wenn es nicht mehr regnet...Liebe spüren, ohne diese je wirklich er-lebt zu haben...oder sich nur sehnsuchtsvoll daran erinnert, mal irgendwann gewusst zu haben, wie Freude in mir ist, wie Leben ist...

nichts geht mehr, rien ne va plus...

alles ist tot in mir.

Ich bin tot, funktioniere nur noch, mehr als eingeschränkt, mehr tot als lebendig.

Erstaunlich, wie sehr Leben klappt, ohne es zu spüren, es zu sein...

Von niemanden wird dies gesehen, gespürt, wie anstrengend jede Sekunde, jede Minute dieses Lebens für mich ist, was keines mehr ist, weil ich nichts spüre, nichts mehr fühle, nur noch eingeschränkt sehe, eingeschränkt fühle, wenn ich mal fühle...völlig eingeschränkt bin.

Eingeschränkt. Was für ein Scheiß Wort - ein Gefängnis, nein kein Gefängnis, eher ein Verlies in tiefster Dunkelheit: eine tiefe und dreckige, einsame und schäbige Grube in mir selbst - ohne Fenster, ohne Ausgang, völlige Dunkelheit...kein Fünkchen Licht...kein Fünkchen Sonne...und die Wände kommen immer näher, reißen alles immer mehr und mehr ein, bis nichts mehr da ist. Kein Glaube, keine Hoffnung, Keine Zukunft, kein jetzt... kein ist... weil irgendwie gar nichts mehr ist...

nur noch dieses Herz, was einfach weiter schlägt, einfach so, ohne es zu wollen, zu nutzen, irgendwie zu sein...

Warum ist das so!? Automatisierung? Ist das Leben? Es schlägt weiter und weiter...Tag für Tag, Stunde für Stunde: um den Schmerz zu er-tragen, zu fühlen, zu merken, dies IST jetzt, er-fühle, er-taste, er-lebe es...und spüre, wie scheiße schwer es ist, Vergangenheit zu er-tragen!

Gehe durch den Schmerz hindurch, dies ist der Weg für dich.... das ist das einzige, was ich irgendwie fühlen kann, weiß und ich will mich nicht betäuben mit Medikamenten - würde sie eh nicht runter kriegen...

fühle, wie es ist, nicht mehr zu sein, nichts mehr zu spüren…und er-kenne genau, was ge-wesen ist!

Und die Jahre vergingen

der Schmerz aber nicht -

die Dunkelheit nicht!

Die Hoffnungslosigkeit blieb

die Schmerzen kamen -
die Folge-Störungen auch,
mit den Er-krankungen,
die noch mehr Leben nahmen!
Ohne Kraft,
verging die Zeit,
die ich nicht mehr wahr nahm,
weil alles nur noch zeitlos war
und dunkel,
voller Schmerz
in und an mir,
alleine,
ohne Aussicht darauf, dass jemand oder etwas helfen kann -
ich nahm und nehme keine Medikamente,
weil ich weiß
dies hilft mir nicht,
den Schmerz in mir zu er-tragen
und diese Dunkelheit, die mich ver-schluckt -
mich tot macht
so sehr Leben nimmt,
welches ich langsam vergesse,
weil es so weit weg ist...

das alte Leben
eine Ewigkeit her -
eiskalt bin ich,
dem Sterben so nah
und nur für die Verantwortung, die ich trug
blieb ich da -
das war alles nicht zu er-tragen,
ist es nicht:
und trotzdem blieb ich,
spürte aber nichts -
Worte zu finden, die unaussprechlich sind für Taten,
die man an mir beging - dafür gibt es keine Sprache, keine Worte -
und das Unaussprechliche irgendwie wirklich machen, funktioniert nicht,
weil man die Sprache mir genommen hat,
mir nie vertraut hat,
mir nie geglaubt,
mich einfach vergessen, übersehen hat -
und mir immer wieder mitgeteilt, gesagt hat,
das, was du fühlst,
ist NICHT wahr!
Das, was du wahr-nimmst: stimmt nicht!
Deine Wahr-Nehmung: stimmt nicht!

DU stimmst nicht!

DU bist nicht wirklich wahr!

Sei lieb und gehorche - erst dann bist du DU -

und somit gefällst du mir, uns

vergiss DICH:

GENAU SO und NUR SO! lieben wir dich!

Wer bin ich!? fragte ich mich,

vergrub mich in der Dunkelheit,

die mich gerne aufnahm, willkommen hieß und mich ohne Kompromisse,

nie mehr verließ -

mir Traurigkeit schenkte

die mich einfach mit-nahm

zu-deckte, schluckte...

und mir damit Leben nahm!

Diese Dunkelheit macht traurig, einsam...

nimmt dich in eine Welt mit, die keine Namen, keine Freu(n)de kennt -

und dich so festhält, dass ein Versuch, zu ent-rinnen dich immer wieder zurück reißt,

in seine Arme schmeißt, nur dort Ruhe findet, vor Erschöpfung,

kleine Schritte getan zu haben -

die kaum der Rede wert sind.

Aufstehen kann so schwer und so anstrengend sein, dass man sich einfach danach wieder hinlegt, nur für fünf Minuten...

und nur im Schlaf etwas Ruhe findet oder auch Frieden, mit dem Kampf des Nicht-Fühlens etwas Einigkeit findet in diesem Schlaf, der doch keiner ist,...

irgendwann ging es dann wieder, nach Jahren voller Schwere:

ich gehe eine kleine Runde spazieren...

fühle mich danach wie nach einem Marathon, bin trotzdem stolz auf mich,

dass ich es heute geschafft habe, den Tag zu leben, etwas zu fühlen, die Luft in meinen Lungen, meinen schnellen Herzschlag - ist das Leben!?

Ich sehe die Sonne, die sich in den Wolken bricht und einige Strahlen durch den Wald schickt...ich bleibe stehen und sehe es und Tränen laufen mir dabei über s Gesicht... ich fühle etwas Leben und fühle, wie etwas in mir zerbricht...

ich atme tief ein...

stehe da im Wald und habe das Gefühl, ich sehe das erste Mal seit Jahren wieder klar...höre die Vögel, die zwitschernd umherfliegen und ich bin das erste Mal seit langem berührt durch ihre Art, Leben zu leben...

ich gehe langsam weiter, spüre dann auch den Regen, der trotz Sonne die Erde nässt und meine Tränen mit seinen vermischt und fühle mich plötzlich so dankbar für diese Sonne, für diesen Regen...und meine Tränen, die mich plötzlich spüren lassen, was Leben ist. Und dann sehe ich diesen Regenbogen, so hell, so klar - wie eine Botschaft für mich! Die Dunkelheit ist nun nicht mehr stark, denn du hast es geschafft...durch den Schmerz zu gehen, wieder Leben zu sehen. Und nun beginnt es, das Leben verändert sich! Ich weine ...voller Erleichterung, weil ich nun weiß, es wird nun leichter, die Schwere ist ertragbarer, beugt mich nicht mehr ganz...

Ganz erschöpft gehe ich zum Auto, kann heute einfach nicht mehr...aber das ist auch das erste Mal seit langem, insofern okay.

Heute IST ein Anfang, dachte ich... ein kleiner!

Und egal wie-viele An-fänge ich brauche,

ich er-lebe wieder Leben,

ich er-lebe wieder mich...

und alleine das gab mir wieder etwas Mut, mir selber zu ver-trauen, dass ich es kann - wenn auch nur etwas, wenn auch nur irgendwie, aber jeden Tag ein bisschen - UND dies reicht mir für JETZT!

„STUMM SEIN IST KEINE OPTION“

Schlaflose Nacht

Wieder einmal eine schlaflose Nacht, es ist 3:04 h sonntagmorgens und ich bin gerade aufgestanden - kann wieder einmal nicht schlafen, obwohl ich nicht nur müde, sondern auch erkältet bin und seit über 2 Stunden versuche, zur Ruhe zu kommen, zu schlafen!

So viele Ereignisse entknoten sich etwas, lassen etwas mehr, wenn auch noch eine gewisse ´verkrampfte´ Gelassenheit zu - nach 9,5 Jahren Kampf um Anerkennung, um Recht in Bezug auf das OEG - bezüglich des an mir verursachten mannigfachen Missbrauchs in meiner Kindheit und Jugend.

Im Dezember 2008 habe ich das OEG beantragt und mehrmals WIDERSPRUCH einlegen müssen - damit es weiter bearbeitet wird, insgesamt drei Gutachten, Zeugenaussagen und sämtlicher angeforderter Zeugniskopien sowie zahlreiche ärztliche Atteste einreichend später, inklusive einer fast zweijährigen Untätigkeitsklage, wurde nun am Sozialgericht ein Vergleich geschlossen, der mir nach fast 9,5 Jahren einen Grad der Schädigung (GDS) von 70 zu erkennt.

Ich spüre darüber noch keine Freude, keine Erleichterung… ich muss dies erst „schwarz auf weiß“ sehen, um zu wissen, nun ist es offiziell und der Kampf war zu lang, zu nervenaufreibend, um nun einfach nicht mehr daran zu denken, was es mit mir gemacht hat.

Ich habe Recht bekommen und es wird mir geglaubt - obwohl ich ´weiß´, dass das alles so passiert ist und ich nicht nur glaubwürdige Gutachten habe, sondern auch Bestätigungen von Ärzten und Therapeuten, traue ich immer noch nicht meiner Wahrnehmung, die mich in Erinnerungen schickt und mir Flashbacks serviert und mir so viele zahlreiche Symptome bietet, um mir selber auch endlich ganz und gar zu vertrauen...

aber oftmals fühlen sich diese Erinnerungen so fremd an, als gehören sie nicht zu mir.

Dabei spüre ich mit jeder Faser meines Körpers, wie dieser es erinnert… Angst bekommt, gelähmt wird, Zuflucht sucht in einer Welt, die eigentlich nicht mehr wahr ist und benötigt wird - die mich wieder kämpfen lässt, als wäre ich wieder Kind…

...aber ich schweife ab…

OEG.

Das Opferentschädigungsgesetz ist früher das ´Kriegsopferfürsorgegesetz´ gewesen und ist für Opfer von Gewalttaten gedacht, um sie für eingetretene Schäden zu „ent-schädigen“.

Wobei dabei nicht beachtet wird, dass nicht nur unzählige Anträge kaum ausgefüllt werden können, weil zu umfangreich gefragt wird und viele Betroffene von sexueller Gewalt den Mut verlieren - weil sie dadurch retraumatisiert werden und auch oft nicht um Hilfe diesbezüglich bitten können - sondern auch, weil viele dieser Fragen einfach nicht einfach genug gestellt werden und die betroffenen Menschen zu stark traumatisiert sind oder zu stark an den Folgen eines Missbrauchs leiden (oder beides!) , um dies alles „normal“ beantworten zu können.

Laut einer Statistik werden so viele Anträge abgelehnt, dass nur eine Handvoll Betroffener übrigbleibt, die - laut des jeweiligen Versorgungsamtes - dann ebenfalls noch „ausgesiebt“ werden, die dann auch wirklich Leistungen bekommen - nach oftmals vielen Jahren eines Kampfes mit Hilfe von Anwälten!

Dies bedeutet, dass nur wenige wirklich eine Unterstützung bekommen und mit den Folgen des Missbrauchs alleine gelassen werden und oft am Existenzminimum leben müssen, weil viele entweder nur teilweise arbeitsfähig sind und wenige Stunden arbeiten gehen oder komplett auf eine

Erwerbsunfähigkeitsrente angewiesen sind, weil gesundheitlich wirklich gar nichts mehr geht.

Viele Betroffene haben ebenfalls solche starken Lebensbeeinträchtigungen, dass sie es kaum schaffen, ohne eine Betreuungs- bzw. Pflegekraft ihren Alltag zu meistern.

Dabei geht es dann nicht nur um zum Teil starke gesundheitliche Einschränkungen, sondern auch umso dermaßen schlimme finanzielle Beeinträchtigungen, dass einige aufgrund der psychischen und seelischen Umstände den Kampf um das OEG aufgeben oder sogar Suizid begehen, weil es einfach keine Hoffnung mehr für sie gibt!

Eine traurige Bilanz - vor allem wenn man davon ausgeht, dass die meisten Täter davonkommen, jemals angeklagt zu werden und weiterhin unbeschadet leben können - ohne jemals auch nur etwas zur Verantwortung gezogen zu sein!

Betroffene sexueller Gewalt leiden unter den Folgen - bewusst oder unbewusst - ein Leben lang!

Dass gesundheitlichen Einschränkungen oftmals Folgen eines erlebten Missbrauchs sind, wird weder von Ärzten noch von den Betroffenen selber erkannt, geschweige denn von der Gesellschaft „(an)gesehen".

Nicht nur, dass man selber damit zu kämpfen hat, sich eingestehen zu müssen, nicht mehr - und in keinster Weise - zu „können" - auch im eigenen Umkreis (Freunde, Verwandte, Bekannte, Arbeitskollegen) ist es schwierig, dass einem „geglaubt" wird.

Oftmals wird nur gesagt, „das wird wieder", „streng dich nur an" oder „du musst es nur wollen" usw. - dann „läuft es auch wieder"… aber, dass das genau das ist, was nicht funktionieren wird, weil es „halt immer irgendwie lief", versteht kaum einer.

Das Unverständnis ist groß und ´verletzt´ ebenfalls, weil es für einen selber auch einfach unverständlich ist, was da mit einem passiert - und die Einschränkungen einfach so lebensbeeinträchtigend sind, dass es nun wieder um ein „überleben" geht - so viele Jahre oder sogar Jahrzehnte nach einer schlimmen Gewalttat!

Ärzte sind oftmals sehr überfordert und nur sehr wenige kennen sich mit den Folgen sexueller Gewalt so gut aus, um den Patienten ggf. danach zu fragen und auch wirklich eine Hilfe zu sein.

Was noch dazu kommt ist, dass die Scham von betroffenen Menschen oftmals immer noch so groß ist, dass eine Erkrankung weder in Zusammenhang gesetzt wird mit einer Gewalttat noch gesehen wird.

Ein Grund dafür ist immer noch, dass zwar Missbrauch mittlerweile „offiziell" benannt wird (z.B. durch die Medien) - die Folgen dessen aber immer noch „versteckt" gelebt werden in unserer Gesellschaft, weil gerade und speziell psychische Erkrankungen und Einschränkungen weder richtig ernst genommen noch gerne richtig gesehen werden.

Dies ist ein weiterer Grund für die Schwere der OEG-Sache - Sachen und Dinge, die nicht „gesehen" werden können, gibt es nicht - und wenn es sie gibt, gehen sie ja schnell wieder weg - also, mache mal: Therapie, Therapie, Therapie!

Demzufolge habe ich nun auch bereits mitgeteilt bekommen, dass es im Mai 2019 eine Nachuntersuchung geben wird, ohne mir einfach mal etwas Zeit zu lassen, zur Ruhe zu kommen… nach dieser ganzen langen Zeit.

Nun warte ich auf einen schriftlichen Bescheid, dass meine Erlebnisse anerkannt werden, ich Recht bekomme…

Vom Herzen her gut

Ich war immer fröhlich, fühlte so viel Schwung, wollte hoch hinaus!

Ich war immer frohen Mutes, liebte die Welt und war von Neugier getrieben, wollte alles Sehen, alles Fühlen, alles Greifen, alles Wissen -

und kämpfte gegen eine langsam heraufziehende Vergiftung, die mich immer stetiger umschloss.

Immer fester werdend versuchte es mich zu bremsen, aufzuhalten, mich zu verändern… ganz langsam lief das Gift in meine Blutgefäße…versuchte mein Herz zu erreichen…das schlug weiter, kräftig, fein und undurchdringbar und fast unansehbar durchströmte es weiter meinen Körper, dann mein Herz - es kämpfte immer dagegen an, fühlte mich als Sieger! Hatte es geschafft, ich spürte es nicht mehr, es war vollbracht - ich war frei, lebte und kam zur Ruhe…

Ich vergaß das Gift, lebte, kam aber nie wieder an diese Fröhlichkeit heran - auch mein Lachen spürte ich nicht mehr, aber ich war hier! Immer noch da, aber nicht mehr so stark, nicht mehr so kampfbereit, vom Leben gezeichnet und mit Narben übersät - doch ich stand, wenn auch wackelig, auf meinen eigenen Füßen! Als ich das Kämpfen aufgab, weil es nicht mehr ging, schlug es zu! Blitzschnell durchfuhr es mich wie ein Schlangenbiss durch alle meinen Glieder, Gefäße, Adern, meine Muskeln, Knochen und Venen, durchzog mein Herz bis zum Kopf hinaus, das unsichtbare Gift zog mein Leben hinaus…als ich nicht mehr daran dachte, nichts mehr fühlte, kam es heraus…verbannte meinen Mut, meinen Lebenswillen und warf mich hinaus...

Vom Herzen her war ich gut, bis dieses Gift mich umschloss - nun fühle ich mein Herz wieder, das Gift hat sich eingenistet, wie fette Bakterien in eine tief entzündetet Wunde festgesetzt… keine Hilfe, keine Medizin schaffte es bis jetzt! Aber mein Herz pumpt wieder, schlägt wieder etwas fester, etwas lauter und auch wieder einigermaßen im Takt - es lebt jetzt!

Mit jedem Herzschlag mehr und besser, besser und fester - einem Leben entgegen und mit einem Gift lebend, etwas seine Macht verliert, sich aber leider immer in mir hält, bei mir ist - mich das Gift nicht vergessen lässt und mit welcher unsichtbaren Kraft es mich immer wieder entstellt, überrascht mich oft.

Doch ich weiß, vom Herzen her bin ich gut, das bin ich, das weiß ich - aber vergiftet zu sein und dies zu Wissen und damit zu leben, benötigt mehr als nur Mut.

verschmelzen mit der Nacht

…Ich verschmelze mit der Nacht,

die Dunkelheit wickelt mich ein -

ich bin eins,

mit mir,

mit der Nacht -

die Dunkelheit umhüllt mich und schützt mich,

vor dem,

was ich nicht sehen will,

nicht brauche –

ich atme, sehe die Sterne, fühle die Stille der Nacht…

ich sehe hinauf zum Himmelszelt:

fühle die Unendlichkeit,

wie klein ich bin,

und wie eins gerade…mit allem, mit mir,

und vor allem…

vor allem mit der Dunkelheit,

die mich trägt und schützt,

vor den Gedanken und dem Alleinsein

in dieser Nacht…

und mir Kraft gibt für den Morgen,

der langsam erwacht…

Vulvodynie

Ich hatte am 27.04.2017 einen Termin in der Uni Klinik Lübeck, aufgrund meiner Schmerzen im Intimbereich, in der sog. "Vulva-Sprechstunde".

Seit über 20 Jahren habe ich Schmerzen in dem Bereich, insbesondere seit den Erinnerungen (2008) und ich fühle mich wie ein Hypochonder, weil alle Frauenärzte der letzten 20 Jahre bzw. meine Frauenärztin der letzten sechs Jahre nichts diagnostizieren kann/konnte.

Nun hatte ich durch Zufall von dieser Sprechstunde gehört und dachte, okay:

Last chance! Habe nun fast 3 Monate auf den Termin gewartet und habe mich schon gegen schlechte Erfahrungen wieder gewappnet....

aber diesmal wurde ich ernst genommen und gesehen und schon nach 3 Sätzen meinerseits und einer Frage der Ärztin, sagte sie:" Ganz klarer Fall, Sie haben "Vulvodynie"!!!" Sie schaute mich an und sagte: "Sie sind missbraucht worden, richtig?" Ich schaute sie verdutzt an und sagt, ja, das bin ich und dann sprachen wir kurz darüber...dann erzählte sie mir, dass es so typisch wäre, dass speziell Frauen diese Schmerzen im Intimbereich haben, die aber "niemand sehen" kann.

Sie hat mir nun (unheilbare Erkrankung, kann nur gelindert werden!) eine Salbe verschrieben, die die Hautregion dann etwas "betäubt", so dass die Schmerzen nicht mehr so schlimm sind und hat in der Schmerzklinik angerufen und dort darum gebeten, mir so schnell wie möglich einen Termin zu ermöglichen, weil sie bei mir Fibromyalgie vermutet (das vermute ich ja auch schon lange). Das ist wohl die "Mutter" von Vulvodynie und auch z.B. des Reizdarmsyndroms.

Gleichzeitig fragte sie nach, was den OEG bedeutet usw. und hat mir sofort bescheinigt, dass es eine Traumafolgestörung ist!

Auch gibt es mittlerweile ganze Verbände, die sich mit dieser Erkrankung beschäftigen (vor allem in den USA) und es gibt in Skandinavien sogar eine Klinik, die sich nur mit dieser Erkrankung befasst!

Sie sagt, aufgrund der eigenen Scham und "weil man nichts sieht" erzählen viele Frauen davon nichts – und dass es auch Männer gibt, die nicht nur betroffen von Missbrauch sind, sondern ebenfalls so eine Erkrankung haben. Bei Männern heißt es dann Pelvic Pain

Ich denke, es ist wichtig aufzuklären, deswegen mache ich dies hier "öffentlich" - die Folge-Störungen eines sexuellen Missbrauchs sind einfach sehr vielseitig und facettenreich!

diese Familie ist (m)ein Fluch….

aus Angst davor, Kontakt aufzunehmen, höre ich nicht auf mein Gefühl…mit denen in Kontakt zu treten, die mir was bedeutet haben, als ich klein war -

Aus „was auch immer“ für Hemmungen und „wer weiß wovon“, vermeide ich Kontakt zu meiner Ursprungsfamilie und anderen Verwandten, die ich in guter Erinnerung habe - um meine „Mutter“ nicht in „wer weiß was auch immer“ für Bedrängnisse zu bringen, die mich nicht mehr interessieren dürften, aber es noch tut - und wieder halten Scham und Schuld mich klein, entfernt von allem und jedem, aufgrund einer kranken Bindung, die ich nicht will, doch irgendwie in mir verhaftet ist…

und heute muss ich weinen, weil meine Großtante starb, die mir mal wichtig war, als ich klein war.

Sie war oft einfach da, weil sie die Schwester meiner Oma war, ich einfach immer da war… dies früher meine Familie war…

Ich bedaure, nicht auf mein Gefühl gehört und sie einfach im Krankenhaus angerufen zu haben - mit ihr noch mal geredet zu haben, um ihr zu sagen, dass auch sie mir wichtig war…

„STUMM SEIN IST KEINE OPTION“

Unter Wasser

Ich ertrinke, sehe die Wasseroberfläche immer weiter von mir weg fließen...bis ich nur noch einen Tunnel vor mir sehe, einen Tunnel zur Wasseroberfläche hin...

ich sehe mich selber im Wasser schweben, wie ich immer tiefer sinke...schwebend einem Boden entgegen gleite, der nie erreicht wird...irgendwie versuche ich mit letzter Kraft, die Hand zu heben und sehe sie seltsamerweise aus dem Wasser ranken, meiner kaum zugehörig.

Mehr und mehr bewusst-seins-los sinke ich immer weiter - meine Hand bleibt aber oben, wie ein körperloser Anker in der Luft...nur ein Anker verbindet mich mit dem, was oben passiert, den ich bin darunter, sehe alles verschwommen und bin doch dabei und auch wieder nicht. Verzerrte Wahrnehmung, manchmal höre ich, manchmal auch nicht, manchmal bin ich da, meistens aber nicht...manchmal möchte ich mich einfach treiben lassen, weg driften, nicht mehr sein, um einfach dem Ganzen zu entschwinden, weg zu sein. Doch irgendetwas hält mich, lässt mich nicht gehen...für immer ausgeliefert sein.

Qualen des Vergangenen trüben meinen Blick, meiner Zukunft. Immer zurückgehalten von einem Stück Lebenstrauma, amputiert für s Leben: ohne Verständnis darauf, was war und ist - weil es in der Vergangenheit ist. Wäre die Amputation sichtbar, wäre es besser für mich - weil alles, was nicht lebbar ist, nicht gesehen wird, in unserer Gesellschaft faktisch nicht gegeben ist.

Ich er-trinke an dem, wie es ist und kann dem nicht ent-rinnen, weil es keinen Ausweg gibt für Seelen-Schäden, die irreparabel sind...ich fließe immer weiter gen Dunkelheit, sterbe dabei nicht, merke und fühle aber, wie mehr und mehr in mir zerbricht...

ganz selten

möchte ich nicht nur offen darüber reden
wie es mir geht
was mit mir ist
was ich denke
fühle

sagen will

ich will prinzipiell nur ruhe
liebe geben
liebe fühlen
in liebe sein

ich möchte normal essen können

ohne
das mir schlecht wird

ohne
das ich erinnere
wie es mal war
und was ich davon bekam
als ich klein war

ich hatte so oft hunger
nicht nur nach essen

oder durst
nach trinken

ich hatte eine leere

wo so viel sein müsste
diese leere tut mir weh

seltsamerweise
auch heute noch

altersunabhängig

läßt mich keinen hunger spüren
kein mich selber fühlen
läßt mich ekel empfinden

und ich fühle nichts
in mir drin

eine leere
die nie gefüllt wurde
dadurch nie
gestillt wird

sehnsucht nach ganzheit
erfüllt leben

doch das nicht empfinden
läßt mich erfrieren

erkalten in mir

und nichts mehr spüren
ist ein teil von mir

und finde dafür keine worte

die bleiben

einfach so

immer

ganz stumm in mir

„STUMM SEIN IST KEINE OPTION“

Verraten und verkauft und für tot erklärt!

Ich bin da, schaue mich um und atme langsam ein und langsam aus, versuche auf dem Boden zu bleiben, das jetzt zu spüren - und wieder rücken diese Bilder in den Mittelpunkt; die ich nicht mehr verdrängen will – ich will mich erinnern, um zu wissen, was los ist und passiert und mich daran erinnern, warum ich nun „alleine" bin und nicht mit einer Familie vereint, die die Frau schützt, die gut geerbt hat von einem Mann, der ihre Tochter so schändlich berührt und vergewaltigt hat – jahrelang! Sie hat sich nicht gekümmert, wollte endlich das, was ihr zu steht, egal was kommt, mit allem Wissen und ein Gewissen, was nicht existiert... das Kind zieht ja irgendwann aus und der Mann bleibt, oder sie zumindest – auch wenn es noch andere Männer gibt, die sie heimlich bei Vollmond trifft.

Es ist und war immer so, die Familie steht hinter ihr, vor allem jetzt, mit etwas Geld und Ansehen, einem großen Auto - hallo? Weihnachten und Geburtstage stehen vor der Tür, und was Schönes bekommen, das ist doch toll!

Doch die Wahrheit wird negiert, verheimlicht, vertuscht, nicht gesehen – dabei ist es eine Familientradition, die man nicht erzählt, weil es eklig und schändlich ist und „zu Männern dazu gehört" und zu „diesem Sex" und allem, was es nach sich bringt – und bitte, es liegt in der Vergangenheit und ist vorbei, das jetzt zählt und nicht mehr dieser Mist, der dreckig macht und ist und verletzt und die Seele eines jeden in der Familie beeinflusst, es so schön unbewusst weiter gegeben wird in die nächste Generation, sowie in die darauf folgende…

Und das Leben jeden einzelnen wird betäubt mit Alkohol und Nikotin und Sex - noch vor 15 als normal erklärt, immer mit dem Versuch, es besser zu haben als die davor und natürlich freier zu sein - aber das, was wirklich zählt, das wird nicht gespürt und gesehen und wenn da ein kleines Mädchen ist, was fröhlich ist und lacht und immer auf die Kleineren aufpasst, dann ist das toll und es muss auf die nicht aufgepasst werden, weil das ist die, die immer nur auf andere Acht gibt, sich so schön ins Familienleben integriert und dabei aber ihre eigene Kernfamilie immer stört – erst Schläge bekommt und dann vor allen anderen bei einer Familienfeier am Hintern getätschelt wird, dies dann mit einem Lächeln ignoriert oder sogar quittiert wird … immer wohlwollend dem Mann begegnet wird, den „eigentlich" keiner mag und keiner dabei haben will, er ein Arschloch ist und auch genauso tituliert wird, unbenannt natürlich in seiner Gegenwart…

Und meine Gedanken wandern zu den Frauen in meiner „Familie", an die, denn man ansehen kann, dass es etwas gibt, worüber nicht gesprochen, nicht nachgedacht wird, aber dann den Mädchen erzählt wird, die dann plötzlich Mütter sind, „du brauchst deine Kinder nicht stillen, das ist eklig und es gibt ja mittlerweile so tolle Flaschen, mit einer wirklich gesunden Nahrung - und außerdem, du wurdest auch nicht gestillt und immer diese Brust raus zu holen immer und überall, ne, das muss ja nicht sein. Oder vermisst du was, weil du nicht gestillt wurdest!?"

…

Ich schüttel meinen Kopf und atme tief ein und kann es nicht glauben, was so tief eingefroren ist an unbegreiflichen Gedanken und Momenten aus der Vergangenheit und erinnere mich, wie schwer es war, diesen eingeimpften und an den gelebten und sehenden Dogmen vorbei zu kommen und meine eigenen Werte und Vorstellungen zu erschaffen, immer mit dem Gefühl verhaftet, ehrlich zu mir selber sein zu müssen, zu fühlen, was ich als richtig empfinde, wie unter Zwang diesem starken familiären Über-Ich entkommend und mit einer Art „schlechtem Gewissen" verbunden. Jahrelang, manchmal jetzt noch und dann muss ich aber grinsen und denke „Über-Ich, du kannst mich…" und lache dabei und fühle mich wieder etwas freier… und lebendiger und mutiger!
Obwohl es gerade diese Lebendigkeit und Mutigkeit ist, die mir zurzeit fehlt, irgendwann und irgendwo, einfach verloren gegangen ist…

Wieder sehe ich diese Frauen aus der Familie meiner Erzeugerin: meine Oma, meine Tanten, meine Mutter – und bin mir etwas unschlüssig, ob ich genau die letztere davon befreien kann von der Verantwortung mir gegenüber, von dem von ihr gewussten Missbrauch und der Vergewaltigungen und Misshandlungen an mir UND weil ich mir dessen so bewusst bin, dass auch sie einer dieser Frauen ist, einer dieser Mädchen war, der Gewalt angetan wurde – auf vielerlei Art.

Doch das würde bedeuten, dass allen Kindern, denen als Kind irgendeine Gewalt angetan wurde, eine Art „Freibrief" bekommen, dies an ihre Kinder weiter zu geben und in mir sträubt sich alles, dies so zu akzeptieren… zu tolerieren und als eine Art Entschuldigung anzusehen – wem auch immer gegenüber. Mir laufen die Tränen runter und ich gehe weiter, versuche ruhiger zu atmen und sehe meine Mutter wieder als die Frau, die sie für uns gewesen ist.

Sie hat sich einen Scheiß gekümmert, ob wir was zu essen hatten, oder vernünftige Klamotten oder wir pünktlich zur Schule kamen, dafür was zu essen und zu trinken hatten. Es hat sie nicht gekümmert, ob wir den ganzen Tag alleine zu Hause waren, ohne etwas Warmes zu Essen oder ob ihr Partner uns schlug, egal mit was und warum. Es hat sie nicht gekümmert, als es anfing, für mich „komisch" zu werden, ich musste ihn küssen zur „Gute Nacht", weil, sonst hätte sie mich „totgeschlagen"… wie oft hörte ich diese Worte… und wie oft er zu mir ans Bett kam, weiß ich nicht und ist unzählbar für mich und über 10 Jahre in meiner Kindheit und Jugend verteilt.

Ich hatte immer die Hoffnung, dass sie es nicht weiß, nicht wusste – bis eines Tages die Tür auf ging, sie sich zu uns legte und damit meine Erinnerung verschwand von 15 bis fast 18 Jahren und ich nichts mehr wusste, gar nichts mehr und mich auch aber selber nicht mehr erinnerte, an mich und so, wie ich eigentlich bin.

Verloren im Nirgendwo, verloren in mir versuchte ich zu funktionieren, ein Leben aufzubauen und zu funktionieren, immer über penibel darauf bedacht, meinen Lebenslauf positiv und lückenlos auszufüllen… um nicht so zu sein und zu werden, wie „sie" – und was „wert zu sein", „was vorzeigen" zu können... immer mit voller Kraft voraus!

Und ich erinnere mich an die Zeit vor der Beerdigung meiner Oma, als ich sagte, „der gehört nicht zur Familie", weil ich seinen Namen auf der Trauerkarte sah und die Erwiderung meines Opas „Wenn es so schlimm war, was er gemacht hat, warum zeigst du ihn dann nicht an!?" Und ich sah ihn an und wusste, auch er weiß es… und hat mir nicht geholfen… dieser Mann, der wie mein Vater war und ist, mich die ersten Lebensjahre groß gezogen hat… wusste, was los ist… und hat auch nichts getan und ich war wie betäubt und weitere Erinnerungen kamen hoch… und ich fühlte mich, als wäre ich mitten ins Gesicht geschlagen worden von ihm, von meiner „Familie", von allen… verraten und verkauft… und nun für tot erklärt!

Die Zeit der Beerdigung meiner Oma rast an mir vorbei, meine Unfähigkeit meine Gefühle und Erinnerungen und Flashbacks unter einem Hut zu bringen währenddessen und in der Zeit danach, zu kontrollieren sowie die ersten Körperreaktionen auf diese Stresssituation… Kopfschmerzen durchzucken mich und ich habe das Gefühl, meine Synapsen arbeiten auf Hochtouren und versagen gleichzeitig… und ich wäre wieder an dem Punkt, wo alles nur noch darum geht, zu funktionieren, meinen Job zu machen, meine Kinder zu versorgen und irgendwie den Tag zu überstehen und fühle, wie mich Stress durchströmt, mein Körper zu jucken beginnt und zu brennen, ich mich kaum noch bewegen kann. Arztbesuche ohne Diagnosen, Schmerzen ohne Grund, Symptome ohne Ursache… ich fühlte mich wie ein Hypochonder, nur krank und überhaupt nicht gesund und nur unter Druck, Essen kaufen und Rechnungen bezahlen zu können, sowie irgendwie dieses Leben leben zu können und das Gefühl nicht los zu werden, mir selber die ganze Zeit nur hinter her zu laufen… wie auch immer.

Dann fällt mir wieder ein, wie es war, als ich immer kränker wurde, ich krank zur Arbeit ging…das alles seinen Lauf nahm, das ich einfach (alles) aufgegeben habe, um weiter leben zu können – mit den Folge-Störungen eines Missbrauchs, den ich nie so wahrgenommen hatte…und weg zog aus der Stadt, die meine Heimat war, sich aber nicht mehr so anfühlte, weil ich das Gefühl hatte, an jeder Ecke Erinnerungen zu haben, die mich mit in eine Tiefe nahmen, der ich nicht entrinnen konnte…

eingefroren

schon eine Weile stehe ich hier, verharre:

eingesperrt durch die Starre,
der aufgezwungenen Ruhe
und der Uneinsichtigkeit des Selbst,

plötzlich aus dem Leben geschubst,
mit allen Konsequenzen
zur Einsicht gezwungen und zum Ausharren,

darauf wartend,
dass es taut,
um wieder Leben zu können:

sich zeigen zu können,
mit aller Schönheit,
die mich ausmacht,
die nun gläsern verdeckt ist
und nur etwas anmutig schimmert im Tanz der Sonnenlichter -
auch dies hat seine Schönheit,
seine Anmut -
seine Freiheit...

TAL DES TODES

…es ist totale Finsternis…

du fühlst dich nicht…

du bist nicht mehr…

alles um dich…

in dir … ist tot

fühlt sich tot an…

fühlt dich nichts an…

das Leben ist nicht mehr lebendig für dich…

kein Lachen… kein Spaß

… keine Freude…

erreicht dich mehr…

alles fühlt sich nach einem „nichts“ an –

alles ist nichts

du bist nichts

das nichts füllt dich aus

macht dich so unsagbar sterblich

so tief tot in dir -

und diese Sehnsucht

nach dem Tod füllt dich aus,

bestimmt deine Gedanken

lässt dich an nichts anderes mehr denken

nichts anderes mehr fühlen

lassen

…

als diesen starken Wunsch.

diesem ganzen Leben um dich herum

endlich

nach all diesem Schmerz

nach all dieser Last des Leben Müssens

des Ertragen Müssens

entfliehen zu können…

endlich diesen Körper

der dich ständig verraten hat

der so schwer geschändet wurde

entfliehen zu können

ohne Ende dieser Last des Lebens

endlich wegschieben

entweichen zu können

tot sein können

in seiner unendlichen Güte

des nicht mehr fühlen Müssens

komplett tot sein können

tot sein dürfen

ohne dieses ewige Erinnern ertragen zu müssen

ohne diesen Kampf

den Alltag schaffen zu müssen

und vor allem:

nicht zu sein

wie man ist

in einem Körper fest zu stecken

der nicht meiner ist

ungesehen und ungehört

so viel Lasten tragen müssen

die niemals leichter werden

außer im Tode ertragbar werden

weil das Fühlen dann vorbei

das Leben dann beendet ist

und endlich, endlich

das Tal des Todes

durchschritten ist -

kein Leid, kein Licht

mehr zu ertragen ist -

ich mich nicht mehr fühlen muss

dieses Leben nicht mehr leben muss…

„STUMM SEIN IST KEINE OPTION"

„Depressionen“, so unendlich weit verbreitet, aber ohne Gefühle von den „nicht-Betroffenen“ locker benannt, fällt es dem Betroffenen schwer überhaupt dies zu benennen, weil die Last dessen das Eingeständnis so unmöglich macht…schnell werden Tabletten aufgeschrieben, weil die Linderung dessen nur durch Betäubung zu ertragen ist?! Ich glaube das nicht, für mich ist das nicht…

Traurig zu sein, ohne Leben das Leben zu fühlen, ist schlimmer als jeder Schmerz, jedes Gefühl von Einsamkeit, jedes gebrochene Herz…

Es ist keine Traurigkeit, die dich festhält, dir all das nimmt, was du als Leben kanntest…es ist dein „DU“, dein „Ich“ was gefangen ist, in einem Tal, das einfach so unerreichbar für andere ist, am meisten aber für dich selber nicht mehr erreichbar ist, wenn dein „Ich“ in diesem schwarzen, moderigen und nach Fäulnis stinkenden Tal so tief verschüttet ist und du zu sehen musst, wie dein ich versinkt, du nur noch eine Marionette bist, unerreichbar für alles und jeden und dich!

Tabletten nehmen etwas den Schleier, vielleicht…doch dein „Ich“ ist verloren, unsagbar erfroren in diesem sein in dieser toten und stillen Unendlichkeit der Traurigkeit, des nicht mehr fühlen Könnens.

Wie ein eigener Zuschauer sitze ich vor meinem Leben und sehe meinem Alltag zu, fühle nichts dabei…

Ich sehe dir zu, wie du versucht, mich zu erreichen mit deinen Gesprächen, deinen Witzen, deine Umarmungen und vielleicht auch deiner Liebe und deinem Verständnis – und ich bedanke mich bei dir, fürs „da“ sein

…obwohl ich lieber alleine in meinem nicht gemachten Bett liegen würde, mit der Decke über meinen Kopf, weit weg von all dem Leben, welches für mich nicht mehr er-tragbar ist, nicht mehr fühl-bar ist, in einem Zimmer, welches mein Sarg geworden ist…ich nur noch schlafen möchte, weil dies mein ertragbares Leben geworden ist…

„STUMM SEIN IST KEINE OPTION“

Ich nichts mehr herbei sehne, als wieder genau da in diesem Bett zu sein, um nicht fühlen zu müssen, wie sehr die anderen, auch du, das Leben leben, welches so unerreichbar, nicht fühlbar für mich ist…ganz und gar nicht mehr aufzufinden ist…

ggf. auch das zu hören meiner leeren Worte, die dir versuchen zu erklären, wie es mir geht, wie es sich anfühlt, tot zu sein,

tot sein zu wollen, weil es kein Licht, kein Ziel, keinen Ausgang gibt aus diesem nichts, welches mich auffrisst, nie mehr loslässt und mich so verwundbar macht,

und dich erschöpft einschlafen

nie wieder den Alltag schaffen lässt

alles um dich herum

in Unordnung und Chaos verfallen

und du sitzt mitten drin

in diesem Leben

das kein Leben mehr ist

weil einfach jegliches Gefühl in dir

zu anderen

zum Leben

so endgültig erloschen ist

du völlig ausgebrannt

nur noch einen Weg siehst

egal was zu machen

zu nehmen

um nicht mehr zu sein

und das nichts zu werden

welches dich ausmacht

in dir ist

alles von dir nimmt

nur noch das schlagende Herz übrig lässt

und du bittest darum

dass es auch aufgibt

dich endlich für immer schlafen lässt

und du in diesem tiefen Tal

endlich begraben bist…

manchmal träumst du dann, dass du versuchst heraus zu kommen,

dich an den glitschigen, moderigen und nach Scheiße riechenden Wänden versuchst heraus zu ziehen, hoch zu schieben, irgendwie zurück zu kommen ins Leben, welches dir so fremd geworden, nur noch aus der Ferne wie durch einen Schleier zu erkennen ist…und dann rutschst du ab, dreckig und nach Scheiße stinkend, deine Fingernägel bohren sich in diesem schlammigen und schlickigem Leim, der dich nicht halten kann und ein Lachen ertönt, du lachst dich selber voller Schmerzen aus, weil du versuchst zu entkommen, bevor du wieder merkst, genau hier bist du nun zu Haus…

und du lässt dich fallen in diesen Sumpf aus Einsamkeit, Schmerz, Dunkelheit, Unerträglichkeit deines eigenen Selbst und fällst zurück in dieses Tal, welches dich liebevoll umfängt, deinen Kopf in die Dunkelheit drückt, dich mit aller Stummheit umarmt und dich voller Erschöpfung in so weiche Erde drückt, dass nichts mehr von dir übrigbleibt,

außer diese starke Müdigkeit,

die dir nun auch noch die Zeit nimmt, dich stumm macht,

dir für immer Ruhe schenkt…

Lebenswelten

In den ganzen Lebensjahren „hier auf Erden“, habe ich meine eigenen Lebenswelten erschaffen,

gelebt und auch wieder verlassen,

um neue zu entdecken, zu schaffen –

am Puls der Zeit gemessen und oftmals

ohne emotionale Rückhalt zu haben!

Irgendwann kam eine dieser Welten,

ungefragt und ungewollt,

hat mich verschluckt

schön durchgekaut

und irgendwann wieder völlig meschugge ausgespuckt…

orientierungslos fühlte ich mich verlassen von der Welt –

der Liebe im speziellen und allgemeinen

und komplett losgelöst von mit selbst!

Ich konnte mich plötzlich auf gar nichts mehr verlassen –

am wenigsten auf mich selbst!

Sicherheit? Gab es nicht!

Rückhalt noch viel weniger,

von finanziellen Sachen ganz zu schweigen!

Ich fühlte mich zerschlagen

Erdrückt,

tot in mir,

innerlich ausgelaugt

und lustlos auf Leben…

tiefe Traurigkeit umhüllte mich,

verdeckte,

begrub mich,

hielt mich selber für tot

- war es wohl auch –

für eine sehr lange Zeit…

Irgendwann kam eine neue Tür,

eine neue Welt zeigte sich,

doch Unsicherheit auf Leben

erfüllte mich und ich wusste nicht,

war die für mich?!

Ich habe das Gefühl, als kenne ich mich nicht…

Die mühevolle Arbeit der Lebensjahrzehnte, des Selbst-Findens

Zersplitterte & hier stand ich…

Sah die neue Welt:

doch nichts erfüllte mich!

Irgendwann dachte ich, was soll s

Ich gehe einfach hindurch

- mehr Schaden als bisher,

gab es ja nicht…

Ich sah Neues,

fühlte mich aber nicht berührt,

auch wenn es schön war,

spürte ich nichts…

Ich machte weiter, fühlte mich nicht

& versuchte einfach mal nichts…

Ließ alles zu & machte mit

Und fuhr dann einfach mal weg,

auf in ein für mich sehr großes Abenteuer, in die Sonne, ans Meer…

Mut zur eigenen Courage, die kaum noch vorhanden war, losgelöst von allem,

was mir wichtig geworden ist…

stieg ich in der Wüste auf ein Quad,

fuhr einfach drauflos

und lachte irgendwann,

einfach so!

Ich fühlte Spaß… Freunde am Fahren, am Leben…

Der Wind zerrte an meiner Kleidung, an den Haaren - Sand überall –

und plötzlich war mir alles egal!

Ich lachte, wenn das Fahrzeug hüpfte -

Und merkte plötzlich, wie die Freude & das Lachen mich erlöste!

Ich schrie ganz laut, meinen Spaß heraus

Und weinte vor Glück und vor diesem Gefühl,

diese Befreiung,

die mir so gefiel –

Leben zu spüren,

mal abzuheben,

hatte mir so gefehlt in diesem Leben!

Und wieder - diesmal unbewusst & unbemerkt –

hatte ich eine neue Welt betreten,

die diesmal nur mir alleine gehört!

Neue Grenzen, neues Leben

& mich dabei völlig neu zu erleben –

zu akzeptieren, wie es ist

und das das Los-Las-sen ein wichtiger Teil davon ist,

welcher oftmals so sehr wichtig ist,

um sich nicht über Andere oder anderes zu definieren,

sich selber zu spüren:

Leben IST!

Und für sich zu sein, sich zu spüren,

das einzig Wichtige ist!

Weil: Leben leben - auch mit Anderen –

nur funktioniert,

wenn man sich selber

wertschätzt UND nicht vergisst!

unfassbar schön

lange Jahre habe ich mich unwohl gefühlt in Gegenwart von anderen

weder gesehen noch gehört noch verstanden gefühlt

Alter machte keinen Unterschied und die Menschen um mich herum auch nicht

ohne jemanden nahe zu treten

habe ich mich einfach nicht wohl gefühlt

- ich wusste nie warum -

weder mit den Menschen um mich herum

noch mit mir selbst

ich fühlte mich immer fehl am Platz

- ganz besonders im Kreis meiner sog. „Familie" –

ich habe immer gedacht, was ist falsch mit mir?

Was mache ich falsch oder warum fühle ich mich so falsch -

so völlig falsch in mir!?

Dieses Gefühl ist manchmal immer noch da, es stört mich dann nicht mehr so sehr wie in jungen Jahren, es ist ein Begleiter geworden und ich habe es so hingenommen. Ich kann nun anderen zu hören, ohne mich einmischen, teilhaben zu müssen und kann mich freuen daran, wenn ich sie lachen sehe und kann mich freuen, nun ein Teil des Ganzen zu sein. Zugehörig muss ich mich nicht mehr so fühlen, weil ich einfach nun auch weiß, dass ich aufgrund meiner ganzen Entwicklung, meines einfach etwas anders seins, einfach auch anders bin. Aber ich freue mich, wenn ich teilhaben kann, mich als ein Teil einer Gemeinschaft fühlen kann und dies auch manchmal tatsächlicher Weise einfach bin. Es ist, wie es ist und vielleicht ist es auch genauso, wie es sein muss, um Sachen zu sehen und zu hinterfragen, dies alles so aufnehmen und schreiben zu können. Ich weiß nun, dass ich bin und dass ich zwar nicht immer dazu gehöre, aber trotz allem ein Teil des Ganzen bin. Ich versuche mich nicht mehr anzupassen, ich bin einfach so, wie ich bin - mit allem, was zu mir gehört.

Ich bin frei, so zu sein, wie ich bin, ohne mich zu verbiegen, um anderen zu Gefallen. Das will ich nicht mehr und brauche ich auch nicht mehr. Und ich weiß nun, dass ich auch genauso genommen werde, von den wenigen Freunden, die ich habe – die mir auch reichen. Das erste Mal in meinem Leben habe ich erfahren, was es heißt, Freunde zu haben.

Alleine dieses Gefühl ist schön, dass jemand Interesse hat, an mir, an meinen Kindern…Anteil nimmt an meinem Leben und an dem, was gerade so passiert.

Und trotz allem „anders sein", habe ich zwischendurch das große Glück, Menschen zu treffen, die einfach wunderbar sind und gerade so hineinpassen in den Schatz an Erfahrungen und Menschen, die gerade ein Teil meines Lebens sind. Es ist unfassbar schön, dies erleben und auch fühlen zu dürfen, wie wertvoll diese Menschen in den jeweiligen Momenten ganz einfach für mich sind. Und dabei kommt es nicht darauf an, wie lange man Kontakt hat, wie lange man sich sieht oder auch nicht, sondern wie schön und wie wertvoll es einfach ist, sich gerade JETZT zu treffen und JETZT miteinander zu sein – weil alles andere sowieso schon vergangen oder auch erst zukünftig ist und nur das JETZT zum Leben entscheidend ist!

Es ist einfach unsagbar schön!

„STUMM SEIN IST KEINE OPTION“

ich sitze am tisch

verstehe diese aufgaben nicht
mein kopf ist schwarz
das denken fällt schwer
ich kriege nichts hin
mathe fällt mir schwer
niemals lerne ich das
„ich bin zu blöd
und zu schwach im Kopf"
wie er immer sagt
was soll das nur
gleich kommt er wieder
will resultate sehn
was mache ich nur
ich kriege nichts hin
ich kaue an meinen nägeln
es blutet auch
doch da kommt er rein
mit seinem dicken bauch
schaut in mein heft
„du lernst es nicht"
und haut mich
mitten ins gesicht
es tut nicht mehr weh
doch weine ich
dieses mathe
verstehe ich nicht

L E B E N

Nach diesen langen Jahren von „zu Hause raus kommen, ein Leben aufbauen, eine Wohnung einrichten, studieren, Mutter sein, Angestellte und Ehefrau, Geliebte, Freundin, Hausfrau und krank sein, finanziell am Ende und alleine sein und mich finden dürfen - ich habe es so satt. Ich mag nichts mehr machen, was ich nicht möchte, keine Lust drauf habe… ich bin durch mit diesen ganzen Lasten, die das Leben so verengen, mich erdrücken und keinen Raum lassen - ich möchte frei sein,

L E B E N … ohne Nachbeben von Moral und Wertvorstellungen und daran zu denken, was „er" oder „sie" wohl denkt, sagt…. oder, dass man "das" einfach nicht so macht!

Ich will nicht mehr für alles zuständig sein, ich möchte frei, unabhängig sein … Liebe und Lust leben als gäbe es kein Morgen - und ich möchte aufwachen mit dem Gedanken, dass dieser Tag der beste meines Lebens wird, sein kann…

Ich möchte lieben, weinen, lachen, Liebe fühlen und Liebe geben, Lust und Sex, Begierde und Verlangen genießen können und dies egal wo, einfach leben – ich möchte Hand in Hand spazieren gehen, am Strand liegen, in die Wolken sehen und einfach nur ganz wild-sanft knutschen, wo auch immer wir gerade stehen…. Ich möchte Spaß haben, das Leben genießen, in die Ferne schweifen und die Nähe genießen, ohne mein persönliches ICH aus den Augen zu verlieren…es darf alles geben, kann sein, so lange kein Muss entsteht, ggf. ein Zusammen entsteht, nichts ent-stellt wird, nichts dabei kaputt geht… Ich möchte reisen können, fliegend schweben und das Leben einfach nehmen, ohne Bedenken Dinge tun, mich noch mehr kennen lernen, ohne an eine Angst zu denken, die das Atmen einschränkt und den Genuss nimmt…

Mit Baguette, Wein und Käse auf einer Decke hocken und lange philosophieren , Gott und die Welt zum Thema machen und vielleicht ein dich und mich am Weine laben - den Tag oder die Nacht einfach rocken, egal wie es aussieht, überall eine Decke zucken, sich drauf niederlassen und den Tag mal Tag sein lassen…morgens im Bett liegen bleiben, vielleicht dabei den Tee verschütten, die Finger verbrennen, über sich selber lachen müssen und den Sonnenaufgang erleben können – das wären mit die schönsten Sachen…

Lauten Trommelwirbel will ich erzeugen, mich darin verlieren und somit etwas betäuben, von diesem Kram der Verantwortung heißt und einen oftmals niederreißt…ich möchte tanzen, singen, schreien, den Rhythmus folgen, ohne verloren zu sein… mich dazu bewegen, ganz versunken sein!

Ich möchte dem Mond zu prosten und die Sterne sehen, die mir zu winken, wenn sie können und mir eine Schnuppe schenken, von der ich mir was wünschen kann, denn ich wünsche mir L EB E N…

so, wie ich es führen kann…

Zügelnde Flamme

Ich sehe dich
wie du kämpfst ums Überleben

bestehen bleiben
nicht auszugehen
am Leben zu bleiben
ist das Ziel

Immer wieder besiegst du
die aufkommende Welle des Untergehens

Verzichtest auf vieles
um bestehen zu können
den Urmächten widerstehen zu können
und zügelst immer wieder hoch

Mit dieser starken Resilienz zu Überleben
das Leben zu leben
und blühst immer wieder auf
zur vollen Pracht
der tanzenden Flamme

Unübertroffen erstrahlst du ganz
in voller Pracht
entfesselst dich ganz
und gibst dich hin
dem warmen Glanz des Lebens

wärmst die
die dir Nahe stehen
ungeachtet der Konsequenz des Untergangs
ungeachtet dessen
das dein Leben
für ihres erlischt

...abschließende Worte...

Wenn ich geschrieben habe - intuitiv Wörter zu Sätzen bilden darf und durfte – fühle ich mich oftmals einfach nur befreit, mir das Papier zu Nutze gemacht zu haben, meine Bedürfnisse - dem inneren Drang nach außen zu tragen, mich mitzuteilen - befriedigt wurden und ich erwache aus dem Fluss des „eins seins“ mit dem Schreiben, welches heraus fließt, sich selber ergänzt und zu Texten wird, fast von selbst Seiten füllt... und so vieles erklärt, beschreibt und Gedanken ausformuliert, die sich nun befreit fühlen, keine Last mehr tragen müssen und leben dürfen – in der vielfältigen Weise des individuellen Aufnehmens des Einzelnen auf der anderen Seite des geöffneten Buches.

Ein Wort, ein Thema erfasst mich und ich schreibe drauflos, ohne Gedanken an Grammatik, Rechtschreibung und allem, was dazu gehört, weil ich es nur noch fließen lassen muss, es herauswill, ich Gedanken und Gefühlen und Geschichten Worte geben muss, die zu Texten werden, die mich oftmals selbst beeindrucken und erstaunt betrachte ich diese Texte, die von mir sind und vielleicht einer Art Bestimmung folgen – um zu enttabuisieren, aufzuklären und vielleicht einigen Menschen Worte und Erklärungen für sich schenken, die sie schon so lange Schweigen lassen, sich nicht selbst finden lassen.

Und Worte finden für Taten, die so lange unaussprechlich waren, immer noch sind und den Betroffen und auch den unbetroffenen Menschen vielleicht etwas Hoffnung geben, vielleicht einen Sinn und sie auch wissen zu lassen, dass sie nicht alleine sind...

Nach dem Schreiben, speziell bezüglich des Themas sexuelle Gewalt, fühle ich mich sehr unterschiedlich.

Als ich die Texte für dieses Buch zusammengestellt habe, war das eine zwar sehr langwierige Arbeit, jedoch ging sie mir relativ schnell von der Hand: einfügen, noch einmal mit Word korrigieren, ließ ich die Wörter und die dadurch entstandenen Texte nicht an mich heran. Ich überflog sie, korrigierte und wollte es fertigbekommen, die Geburt abschließen, um es gehen lassen zu können… jedoch ist dies leider nicht ganz so schnell getan, wie ich es gerne hätte, um es aussperren, weglegen zu können.

Es fühlte und fühlt sich wie ein innerer Druck an, es heraus zu lassen, es in die Welt zu lassen und trotzdem muss ich mich gedulden, es noch einmal ansehen, immer mit dem Aufpassen verbunden, durch das Betroffen sein nicht zu sehr betroffen zu sein, sich wieder hinein zu begeben in diese Welt voller Retraumatisierung und Erinnerung. Und mit jedem Text, der die Wahrheit formuliert, fühle ich mich etwas leichter, habe etwas wieder ent-tabuisiert – und nicht nur für mich (darum geht es mir eigentlich nicht), sondern auch für andere, die ebenfalls betroffen sind.

Es geht mir nicht dabei darum, mich zu schützen davor, sondern vor dem, was es mit mir macht, mich wieder nicht schlafen lässt, meine Gedanken nicht stillstehen lässt und Unruhe und andere Körperreaktionen in mir erzeigt, die nur schwer zu bekämpfen sind. Und dann denke ich aber an die vielen positiven Reaktionen von betroffenen Menschen, die mein erstes Buch gelesen haben und mir „Danke" sagen, für die Worte die auch für sie, immer und einfach nur nicht auffindbar, nicht aussprechbar waren. Und ich sehe, dass dieses „Danke" noch so viel mehr sagen will, es aber nicht kann und ich bin so froh darüber, dass ich dies irgendwie für uns alle formulieren kann.

Und natürlich geht es nicht an mir vorbei, diese Worte zu lesen, auszuformulieren und mich völlig nackt zu machen vor den Lesern oder den Menschen, die meine Vorträge hören – doch wenn nur einer Person dadurch geholfen ist, sich besser zu verstehen und zu erkennen, warum wieso was ist, dann haben sich meine Texte gelohnt und diese Person fühlt sich nicht mehr ganz so einsam, weil sie nun weiß, sie ist nicht alleine mit diesem ganzen

Scheiß, der an einem haftet, niemals vergessen ist und das Leben oftmals so sehr beeinträchtigt dadurch ist.

Wenn ich Texte schreibe, bedeutet das nicht, dass es mir in diesem Moment schlecht geht, sondern nur, dass ich mich in diesem Moment erinnere, wie es sich anfühlt, Dinge erlebt zu haben, die mich Texte formulieren lassen – unabhängig von Zeit und Raum.

Auch ist es so, dass ich versucht habe, Verlage anzuschreiben, dies „offiziell und gesellschaftsfähig" verlegen zu lassen – doch leider fühlte sich keiner in der Lage, dies hier (und vor allem das erste Buch von mir!) zu verlegen: es wäre zu viel Stoff, es wäre zu heiß, darüber kann man kein Buch verlegen – wollen sie nicht lieber eine Biografie schreiben?! Doch mir ging es nie um eine Biografie – abgesehen davon das ich denke, davon gibt es schon so viele…und ich möchte mich nicht einreihen in einer Reihe von Biografien, die das Opfer-Sein beschreiben, so schrecklich dies auch ist und natürlich ebenso notwendig, dies zu ent-tabuisieren…aber das ist nicht meins, ich möchte nicht verhaftet sein in dem, was mir in der Vergangenheit passiert ist – ich möchte jetzt sein, trotz diesem ganzen Scheiß, der in mir ist, mich einfach auch geprägt hat und mich und mein Leben mit ausmacht. Ich denke, das spielt alles eine große Rolle und hängt zusammen in und mit mir – dies zu verleugnen wäre für mich falsch.

So schlimm ich es auch finde, dies so anzuerkennen zu müssen, ist es einfach so:

Der an mir begangene Missbrauch gehört zu meinem Leben dazu, hat mich gezeichnet und vielleicht ist es auch das, was mich heute ausmacht! ABER: ich bin nicht mehr ein Opfer dessen! Ich bin davon betroffen und muss damit leben, jeden Tag, weil es nicht nur immer bei mir ist, sondern auch nach mir greift, ob ich will oder nicht. Doch auch dies ist so und kann ich nicht ändern - was ich aber ändern kann ist, zu verstehen, wieso was ist und wieso ich wie handele oder gehandelt habe und warum mir was in meinem weiteren Leben passiert UND was ich vom Leben eigentlich will.

Mein Leben nach dem Missbrauch, das krank werden, krank sein, die Erkenntnisse, das Verständnis für meine Körperreaktionen und vor allem für mich selber haben mir geholfen, mit diesem ganzen Mist umzugehen zu lernen und für mich einzustehen…und es war und ist immer noch, der größte Scheiß!

Es war die Hölle, kann es jetzt auch noch sein und ich hoffe sehr, dass das Schlimmste dieser ganzen Folgen vorbei ist, jedoch hat es mir beigebracht, dass es auch wieder besser wird, werden kann und nicht nur durch gute, kompetente therapeutische Auseinandersetzung und Hilfe man Verständnis erleben kann und bekommt, sondern – das Wichtigste – auch für sich auf jeder erdenklichen Weise selber erlernen muss und kann!

Die Umgehensweise mit den Folge-Störungen nach Missbrauch sind individuell, so wie die erlebte sexuelle Gewalt individuell ist, doch eines ist, glaube ich, ein alter- und zeitunabhängiger Konsens, der für alle Betroffenen gilt:

Egal wie schwer es ist, wie schlimm diese Folgen für „Dich“ persönlich sind… jeder Sonnenstrahl verschafft Hoffnung auf Besserung, wenn dieser Dein Gesicht berührt, du die Wärme spürst, die Sonne genießen kannst, Du es als schön empfinden kannst, ist dies ein Anfang, ein Neubeginn. Wenn Du dies dann irgendwann spüren kannst, Du auch offen dafür sein kannst, fängt Dein Leben – mit allem, was Dich nun ausmacht - für Dich an!

Und dabei ist es nicht wichtig, ob du die Sonnen spürst, Dir der Tee wieder schmeckt oder Du plötzlich wieder von innen heraus lachen kannst – sondern es ist Dein persönlicher Moment, den Du dann genießen kannst - vielleicht auch, wenn Du ihn nicht sofort erkennst!

So war es bei mir, demzufolge möchte ich Hoffnung machen, dass es besser wird, sein kann und das Leben zwar nicht mehr so wird, wie es war – aber etwas „Neues“ entstehen kann!

Dieses Leben zeichnet sich nicht dadurch aus, dass man plötzlich wieder so wie früher ist, wieder arbeiten kann oder einfach jeden Baum ausreißen kann – nein, das ist es nicht.

Es ist eher ein Leben, welches selbst-bestimmt, ehrlich und authentisch ist, sich Pausen einbaut, wenn es nötig ist und man auch oft erkennt, vieles geht (noch) nicht… aber Schritt für Schritt ist es ein Weg zurück ins Leben, egal wie lange es dauert und wie individuell es für Dich ist.

Und auch, wenn wieder Phasen kommen, die einfach nur unerträglich sind, bringt es Dich nicht mehr um, weil Du auch das nun endlich weißt, weil es wieder etwas lebendiger ist in Dir, Du leben kannst, auch wenn gerade mal wieder ein Tag ist, der nicht funktioniert oder nach Plan verläuft, aber so ist es nun, arbeite damit – weil es nur so authentisch ist und sein kann!

Hollywoodschaukel

ich liege auf meiner Hollywoodschaukel,
schwinge leicht hin und her
genieße den Raum um mich herum
voller Zeitlosigkeit schwebe ich dahin -
meine Hand berührt das weiche, lange Gras,
höre die Vögel zwitschern und singen -
und verliere mich in den Wolken,
die - wie kleine Schäfchen - sich gegenseitig am Himmel jagen,
immer mit etwas Schalk in den Augen und dem Wissen,
den anderen nicht erreichen zu können
und trotzdem Spaß daran haben,
nie gewinnen zu können…

...leicht schwingt die Schaukel mit der aufkommenden Brise
und ich werde eingehüllt von dem wunderbaren Geruch der blühenden Blumen
um mich herum, das Gezwitscher der Vögel…
und das immer wieder kehrende Zirpen der Grillen...

Irgendwo plätschert in weiter Ferne ein Bach
und diese wunderschöne Kulisse lässt mich träumen
von einer besseren Heimat
einem schönen Leben
einem Häuschen ganz in Ruhe und Stille
am Waldesrand
wo ich Gemüse pflanzen
einem Ofen heizen kann

und am Strand liegen kann,
wenn die Sonne ihre Strahlen herabschickt
um Wärme zu spenden…

Und diese Träumerei lässt mich in eine Zeit eintauchen,
die schon lange vergessen ist
irgendwie altertümlich ist
keine Zeit kennt
nur die Sonne, die zu genießen ist
und dieses Leben nur mit der Natur zu teilen ist
in der nur gejagt wurde,
wenn es nötig ist -
in der Familie noch Familie war
und Zusammenhalt kein Fremdwort ist...

Ich sehe einen Kessel über dem Feuer
und wunderbare Gerüche erfüllen den Raum
Liebe ist anwesend und lässt ganz auf sich selber vertrauen,
zurück zum Ursprung,
zurück zum Urvertrauen…
mit diesem Gefühl lässt sich Zukunft bauen…

ich blinzle in die Sonne und erwische eine entgleitende Träne,
die sich wie von selbst löste,
dieses Gefühl erkannt zu haben
sich so geborgen darin zu fühlen,
weil es einmal ein zu Hause war,
in einer längst vergangenen Zeit...

gibt es mir etwas Vertrauen zurück
und fühle:
ich bin sehr dankbar für dieses Glück
hier auf meiner Hollywoodschaukel
hier im Grünen
und dass es nur vorwärts geht
auch wenn die Schaukel zuweilen was anderes verrät…

„STUMM SEIN IST KEINE OPTION“

Meine Texte

Ich habe angefangen zu schreiben, als ich stumm war, keine Worte fand für das Erinnern eines mannigfachen Missbrauchs, welcher schon so lange her war und immer wieder durch Erinnerungsschübe, Flashbacks und körperlichen Reaktionen aufflammte. Meine Texte sind so geschrieben, wie es war, ist und sich auch anfühlt, ohne ein rationales Verstehen erzeugen zu wollen – weil es das meistens gar nicht gibt.

Meine Erlebnisse sollen weder Mitleid erregen, noch möchte ich dadurch jemanden verletzten oder ggf. anklagen – hierbei geht es mir vor allem um eine Aufklärung, was Missbrauch mit einem Menschen machen kann und welche Folgen ein erlebter Missbrauch für das Leben sein kann – so ehrlich und authentisch wie möglich.

Auch stehen diese Texte nicht nur für mich, sondern für alle Betroffenen, die von den Folgen eines Übergriffes immer noch betroffen sind, so individuell dies auch sein kann…deswegen habe ich den Text „Nicht mehr stumm sein" geschrieben, weil ich vieles von anderen erzählt bekommen habe oder durch meine frühere berufliche Tätigkeit erfahren habe…dieser Text ist quasi ein Querschnitt meiner Erfahrungen sowie der von anderen.

Ob ich weitere Bücher über das Thema schreibe, kann ich so nicht sagen – weil Leben einfach veränderbar ist und ich zurzeit dies nicht mehr plane oder planen möchte. Aus einem Gefühl heraus ist dies für mich nun eine Art Abschluss, wobei ich meinen Blog natürlich weiterführen werde, in dem dieses Thema durch diese und andere Texte weiterhin thematisiert wird; es gehört einfach zu mir und kann (leider) nie vorbei sein.

Gleichfalls werde ich aber weiterhin versuchen, Vorträge über dieses Thema zu halten und so ggf. anderen Betroffenen zu helfen und Nicht-Betroffenen einen besseren Einblick geben zu können.

Das enttabuisieren dieses Themas ist mir sehr wichtig, weswegen ich meine Erfahrung öffentlich mache – weil „stumm sein“ keine Option mehr ist!

versucht Ausdruck zu finden, um die Stummheit zu bekämpfen und wisse, diese Scham und diese Schuld: sie er-drückt uns alle, aber DU hast keine Schuld daran, dass dein Körper reagiert hat, alles ein Geheimnis ist und war, du dich vielleicht immer noch schuldig fühlst... - und wenn du, vielleicht ganz langsam, versuchen kannst, Ausdruck für deine Stummheit zu finden...ein Bild malen, ein paar Worte finden, vielleicht auch einfach singen oder tanzen kannst, ist dies ein Anfang und nimmt diesen Taten die Macht über dein Leben und du wirst ganz langsam wieder selbst bestimmt von dir - und das Wichtigste: gib dir Zeit dafür!

Trau DIR! DEINER Wahrnehmung! Und scheiß drauf, was andere davon halten – weil es hier nur um eine Person geht, die Deine Leben aushalten, ertragen und jeden Tag leben muss: DU selbst!

Alles Liebe und Gute,

Mel Alazza, Mai 2019

Interessante Seiten im Web:

- melalazza.blogspot.com

- www.maennerportal.net/sexuelle-gewalt-meine-seele-als-mann-ist-verletzt

- https://www.ptbs-info-opferschutz.de/

- http://www.koerperarbeit-lauterbach.hamburg/

  (Case-Management für männliche Opfer Sexueller Gewalt)

- https://www.bmas.de/SharedDocs/Downloads/DE/PDF-Rundschreiben-SE/antrag-baf-oeg.pdf?__blob=publicationFile&v=2

  (das Formular zum Antrag auf das Opferentschädigungsgesetz)

- https://www.fonds-missbrauch.de/

  uvm.

… und auf Facebook**:**

- Meine Schreibweise
- Eltern missbrauchter Kinder
- Ich bin ein Mann und wurde missbraucht
- ich bin nicht mehr stumm
- wir sind nicht mehr stumm
- OEG (Informationen und Austausch für Betroffene, die das Opferentschädigungsgesetz beantragt haben)
- Netzwerk Gegen Sexuelle Gewalt
- Betroffene von sexueller Gewalt
- Pflegegrad bei psychischen Erkrankungen
- persönliches Budget

uvm.

Buchempfehlungen:
mein erstes Buch natürlich 😉 :

- **Kacke am Stock ist auch 'ne Blume,** Taschenbuch, Mai 2017 (16,90 €)

- **Ich traue meiner Wahrnehmung -** Heilung nach sexueller und emotionaler Gewalt, Peter Röhr (16,00 €)

- **Dem Leben wieder Farbe geben** – Aktiv werden, Denkmuster verändern, Depressionen überwinden, Zwick/Hautzinger (24,95 €)

- **Sich krank fürchten** – Welche Rolle Kindheitstraumsta für Erkrankungen im Erwachsenenalter spielen

Anmerkung -1-

Wer Interesse

an einem Vortrag, einer Diskussionsrunde oder ähnlichem

hat - bzgl. der in meinen Büchern erwähnten Themen

(OEG, Folgen von Missbrauch, Missbrauch etc.) –

kann mich gerne

kontaktieren unter:

shanoja@gmx.de

Alles weitere wird dann per Mail oder telefonisch besprochen!

Anmerkung -2-

„Stumm sein ist keine Option“

ist eine Abwandlung des Satzes „Schweigen ist keine Option“,

den Dolores mir mal schrieb;

insofern verwende ich diesen abgewandelten Satz

in Absprache mit Dolores

und verwende „Stumm sein ist keine Option“

als Anmerkung für – und im Namen - aller Betroffenen!

Danke Dolores! 😉

„STUMM SEIN IST KEINE OPTION“

Zum Schluß

möchte ich noch anmerken,

„nobody is perfect“ 😉

Also, falls ggf. Fehler gefunden werden….

einfach behalten! 😉

Weil: darum geht es hier nämlich nicht! 😉

„STUMM SEIN IST KEINE OPTION“

„STUMM SEIN IST KEINE OPTION"

„STUMM SEIN IST KEINE OPTION"

ISBN 978-3-7485-4796-9
9 783748 547969 00002
www.epubli.de